FRESTAS

André Gardel

Editor
Renato Rezende

Revisão
Ingrid Vieira

Projeto gráfico
Augusto Erthal

Dados Internacionais de Catalogação na Publicação – CIP

G218   Gardel, André
                Frestas / André Gardel.
                    Rio de Janeiro: Circuito, 2019.   140 p.

                    ISBN 978-85-9582-053-1

1. Literatura Brasileira. 2. Conto. 3. Literatura Contemporânea. I. Título. II. Avô. III. Cão sarnento. IV. Morto. V. Paquetá. VI. Lagarto. VII. Na piscina. VIII. No mar. IX. Cabeça câmera. X. Bacantes. XI. Monstro. XII. Controle. XIII. As três irmãs.

CDU 821.134.3(81)   CDD B869.3

Catalogação elaborada por Regina Simão Paulino – CRB 6/1154

ÍNDICE

Avô	7
Cão sarnento	23
Morto	29
Paquetá	33
Lagarto	57
Na piscina	63
No mar	71
Cabeça câmera	87
Bacantes	91
Monstro	93
Controle	99
As três irmãs	103

AVÔ

Assim que parei diante da porteira, pude visualizar melhor a casa branca caiada de telhado vermelho irregular. O que mais me chamou a atenção, de imediato, foi a janela rústica de madeira na parede lateral, desproporcionalmente mais próxima do chão do que do teto, toda lanhada por ranhuras que lhe davam uma feição de arte rupestre. Sem falar na porta, também de madeira e pintada de azul, que me lembrou os umbrais tortuosos das casas de bruxas de fábulas. A terra batida do solo se estendia até o quintal à esquerda, onde havia uma parreira se debruçando sobre um simpático e desconjuntado caramanchão. Dionisíacos cachos de uvas pendiam viçosos, seduzindo, exuberantes, os mortais que iam ali se refrescar. Ao lado, alguns tijolos, restos de carvão e espetos demarcavam o espaço mítico da churrasqueira. O todo da composição do local ironicamente me remetia aos desenhos de casa que um dia aprendi a fazer na minha infância. Rabiscos que, até hoje, são o que de melhor sei tracejar na arte figurativa, e aos quais sempre recorro toda vez que alguma criança tem a infeliz ideia de me pedir que garatuje um passatempo para distraí-la.

Tirei o suor da testa, ajeitei a mochila nas costas, me preparando para bater palmas e gritar: ô de casa!, quando uma jovem com um longo cabelo liso negro escorrendo pelos ombros, olhos ameríndios, boca rasgada, brinco de pena colorida na orelha, apareceu na soleira da porta e perguntou o que eu desejava. A voz dela me soou familiar, apesar do sotaque gauchesco carregado, cuja acentuação ondulante sempre parece, a meus ouvidos, salpicar um leve toque de surpresa e espanto ao fraseado, qualquer que seja o assunto tratado. Falei que gostaria de ver o meu avô. E a jovem nativa, de uma hora para outra se mostrando apreensiva, retrucou: quem? Meu avô, insisti, articulando pausadamente as sílabas, me esforçando para ser bem claro no que dizia. A bela índia, então, me olhou de cima a baixo por alguns segundos, virou-se de modo brusco, e voltou para casa como se tivesse sido insultada. Antes, porém, apontou para alguns bancos sob uma árvore frondosa, proferindo palavras cujo significado não consegui apreender; hoje, recordando a situação, imagino que eram expressões pertencentes a alguma língua tapuia.

Entendi, sim, que era para eu me dirigir à ampla sombra do umbuzeiro que reinava majestoso no terreiro da casa, ofertando generosamente abrigo e possibilidade de descanso. Após passar por um portão barulhento e desengonçado, tentei imaginar como seria aquele homem cujas histórias de vida meu pai fora sempre tão reticente em nos contar, preferindo emudecer na maioria das vezes em que eu e meus irmãos perguntávamos sobre o nosso avô. Mas o que, de verdade, me veio à mente – sugerido, talvez, pelos cheiros de comida vindos da cozinha, pelo piso do chão de terra batida, pela visão, agora frontal, daquela casa rústica encravada num ambiente ermo e campestre –, foram as imagens de uma grande família rural reunida no final de tarde de um domingo indolente perdido no tempo. Eram nove irmãos, seis homens e três mulheres. Os homens jogando futebol, as mulheres fazendo renda, o casal sentado na varanda, ele lendo, ela costurando... Mesmo que os personagens e a casa fossem outros, as imagens, agora, entreteciam diferentes momentos diante de meus olhos, enquanto esperava ansioso para enfim ter contato com o velho.

A sombra e a brisa, nem de pampeiro nem de minuano, que começara leve a bater assim que sentei num banco retorcido, duro, de assento gasto, estranhamente, por um momento, me deixaram em paz. Só então me dei conta do sentido profundo do incômodo gerado pela situação em que me via envolvido. E não era para menos, raciocinava, pois não conhecia, ainda, pessoalmente, o meu avô. Tentei esboçar, num gesto patético, as feições do velho, mas logo fui assaltado pela certeza de que jamais vira fotografia alguma dele. Naquele instante constatei que meus pais nunca tiveram qualquer imagem do patriarca guardada em nossa casa e, se tivessem, nunca haviam mostrado para os seus filhos. As impressões que pude esboçar dentro de mim nasciam mais do que ouvira do que visualizara, mais de lembranças desencontradas de narrativas reservadas e lacunares do que de retratos definidores de traços.

À época de meu primeiro e único encontro com meu avô, tinha quatorze anos de idade e estava vivenciando minha primeira viagem sem estar sob as asas da família. Um frescor inaugural desbordava de tudo! Um amigo de ginásio, de praia e de boemia me fazia companhia na minha, até então, mais ousada aventura: ir do Rio de Janeiro ao Rio Grande do Sul pelo litoral, parando em cidades e praias diversas, pegando as melhores ondas e de olho nas mais lindas garotas. O destino último da odisseia não fugia do perfil dessa busca de prazeres juvenis: a festa do vinho de Bento Gonçalves! A informação quase mítica que movia a mim e ao meu amigo, e que nos foi passada por um recém-conhecido numa conversa de final de farra de adolescente, era a de que o licor de Baco transbordava pelas ruas da cidade gaúcha, saindo copioso, borbulhante, das torneiras públicas. Imediatamente, tornou-se, para nós, um dever moral nos lançarmos à busca dessa Atlântida boêmia. O desvio do roteiro para ir ter com o velho foi uma iniciativa de minha inteira responsabilidade. Por isso, fui ao seu encalço sozinho. Talvez soubesse, inconscientemente, que aquele encontro poderia desvendar a ponta do novelo de um mistério que rondara, até aquele momento, toda a minha vida.

Foi difícil chegar até a casa de meu avô. Primeiro, porque praticamente ninguém conhecia o distrito isolado onde ele morava; depois, pelo fato de que muitas dúvidas vinham à tona, sempre que me dirigia a alguém que em tese conhecia o bairro, a fim de perguntar sobre a localização exata do endereço que me fora passado pelos meus parentes do Rio Grande do Sul. A sorte foi que encontrei um campeiro, muito solícito e cordato, que dizia ter trabalhado com o velho na época em que ele exercera o mandato de vereador na região. Fez questão de me levar até a porteira da casa de meu avô para, em seguida, num gesto firme, virar as costas e sumir subitamente. Não quer aproveitar e fazer uma visita, perguntei, aumentando gradativamente a altura da voz, pois ele já se encontrava, de modo surpreendente, muito distante de mim. Não, não, respondeu, gritando com suavidade, tenho muitos afazeres para hoje, obrigado! E seguiu sem se despedir, ganhando uma agilidade e brusquidão inesperadas, quase imaterial. Atitude que, aparentemente, entrava em contradição com o que o seu espírito havia me transmitido no momento em que pela primeira vez o encontrei: calmo, chimarroneando solitário, o olhar no infinito, muito pálido, sentado numa cadeira de balanço no alpendre de um casarão que mais parecia um imóvel abandonado.

Após esperar mais de meia hora sentado naquele banco tosco de madeira ondulante, já incomodando pela ausência de uma posição confortável para acalmar a minha coluna, desponta, enfim, à minha frente, o meu avô - ancião desconhecido, sem presença nenhuma em minha formação, desenhado em meu imaginário como um personagem mítico, folclórico, sempre ironizado como gaúcho da fronteira arredio, letrado e violento. Vinha vestido com a pilcha tradicional gaudéria: bombachas e botas de tropeiro, camisa branca de algodão com a manga arregaçada, lenço vermelho maragato no pescoço, chapéu de feltro com copa e aba. Na guaiaca de couro preto na cintura trazia, de um lado, uma cartucheira de revólver; do outro, uma adaga na bainha. O porte era de um índio velho, a cara enrugada pelo sol e pelos anos, de estatura mediana, com passos curtos e lentos, com pisadas pesadas, deixando marcas definidas de sua passagem pelo chão. Numa das mãos, o indefectível chimarrão, companheiro diário, com a cuia de porongo seco desenhada a estilete e lavrada em ouro. Durante o percurso que fez ao vir em minha direção, sorvera a bomba de prata umas duas ou três vezes, o que me permitiu ver a casca grossa amarelada que se formara na parte interna de seu lábio inferior, causada, por certo, pelos muitos anos sugando o amargo fervente da erva-mate.

Ao chegar ao local onde, em pé, já o esperava, colocou a chaleira que levava consigo num banco ao lado do meu e, cuidadoso, me dirigiu a mão, suarenta, firme, forte, para um aperto que durou mais tempo do que a convenção carioca poderia ponderar. Depois, sentou-se de modo tão imperativo - as pernas abertas, a mão direita apoiada para dentro em um dos joelhos, a esquerda segurando o chimarrão - que, no instante em que fui me sentar de volta, tive o ímpeto de me posicionar com igual autoridade. Ficou alguns segundos nessa posição, em silêncio, olhando para o nada, até que, de chofre, começou a fazer perguntas encadeadas sobre o meu pai - seu filho - e minha mãe, se eu tinha feito boa viagem, quantos irmão nós éramos, pois não se lembrava mais direito. Repentinamente, modulando o tema da conversa, começou a falar de si e de sua vida. Disse que estava aquerenciado naquele terreno havia pouco tempo, mas que já tinha dado um jeito de deixar tudo com a cara dele, e que a índia kaingang que me recebera, tinha tirado de uma tribo, ainda pequena, nas margens do rio Ijuí, dando casa e comida para ela durante mais de dez anos, e que desde que a sua china véia morrera, e a guria esteve com o boi pela primeira vez, tinha virado a sua mulher, uma boa mulher, sublinhou, pois lavava, passava, limpava a casa, cozinhava muito bem.

A seguir, silenciou de novo por mais alguns segundos, renovando, depois, a água quente da chaleira na cuia, para logo dar uma longa e dolorida tragada na bomba de prata e começar a falar, pausada e quase delicadamente, sobre o seu amor pelos livros, pela retórica, pelas ciências, pelo saber, pelas humanidades, enfim. A matemática, por exemplo, era uma ciência muito fácil, possuía apenas quatro operações básicas, disse professoral, e, sem perder o tom de voz menor e a busca de síntese redutora para cada disciplina, explanou sobre logística, química, física, geometria, engenharia, arquitetura. Das artes sabia um pouco de música, pintara alguns quadros, gostava de escultura e dominava a versificação poética greco-latina e românica. Mas do que gostava mesmo era de línguas, sempre estava aprendendo uma, sabia já o latim, o grego, o italiano, o espanhol, o alemão, o francês, algumas línguas de bugre e agora estudava o inglês. Eu, que à época acabara de ler *Triste fim de Policarpo Quaresma* no colégio, antes de sair de férias, não pude deixar de arriscar analogias entre o personagem de Lima Barreto, quixotesco e impraticável, e aquele meu parente desconhecido que falava entorpecidamente à minha frente.

Como que se desculpando, perguntou-me se não queria tomar um pouco de chimarrão. Disse que sim, claro, e o fiz com uma naturalidade que não combinou em nada com a dor insuportável que senti nos lábios, língua, céu da boca, garganta queimando por ingerir uma das ervas do diabo, como os jesuítas chamavam no passado o mate e o tabaco dos povos originários. Minha mãe nos contara, num momento de cumplicidade, que nosso pai tivera uma adolescência dura e sofrida, devido à lógica patriarcal imposta por meu avô a ele e a seus irmãos: os homens, assim que completavam quatorze anos de idade, eram mandados embora de casa para ganhar a vida, correr trecho, aprender a se virar sozinhos; as mulheres ficavam até arrumar marido. Um tio ajudou meu pai, pagando um curso preparatório para que ele pudesse tentar entrar para uma das forças armadas, além de lhe dar casa e comida por um ano. Meu pai passou no concurso, seguiu a carreira militar, conseguiu ter uma vida classe média regular, foi em frente, se safou da situação violenta de ter sido jogado no mundo na primeira adolescência com uma mão na frente e outra atrás. Mas, se não tivesse sido aprovado para ser cadete da aeronáutica, que rumo a vida dele teria tomado?

Pensava nisso quando, após ficar mais de uma hora ouvindo o falatório entre literário e jurídico de meu avô, lancei-lhe, sem preâmbulos, uma pergunta que mudou totalmente o rumo da conversa. Perguntei-lhe quem era aquele senhor campeiro, que ficava mateando no alpendre de uma casa não muito longe, meio fantasmática, que me ajudara, muito gentilmente, a chegar até aqui. A face do velho, de uma hora para outra, enternecida que estava pela dança alumiada nas esferas dos saberes, ganhou contornos sombrios de ódio terreno, fez-se tempestade, fechou-se em copas. Prefiro não nomear esse chimango carcará no quadrante do meu lar, murmurou com o olhar e a voz transbordando de desejos incontidos de vingança. Após o quê, se levantou, ajeitou a arma na cartucheira, passou a mão na barba por fazer e me perguntou se eu não queria conhecer a biblioteca dele. Assenti que sim com a cabeça, ainda um pouco transtornado pela desmedida trágica que se anunciara na reação intempestiva de meu avô ao meu comentário eivado apenas de curiosidade. Fomos andando, em direção ao casebre, com passos lentos, envoltos por uma nuvem cinza de sentimentos e sensações indefiníveis.

Quando estávamos para entrar na casa – a nuvem invisível praticamente já se dissipara, e eu fantasiava em silêncio a respeito de como seria a disposição da biblioteca do velho –, algo esbarrou em minha perna de modo ríspido, saído não se sabe de onde, e me fez tropeçar e quase cair. Ao me recompor, vi um menino de uns quatro ou cinco anos, descalço, sem camisa, só de calção, com um pião na mão usado como arma para caçar uma lagartixa. Perseguir o réptil era uma aventura épica sem precedentes, uma missão sublime e terrena a um só tempo, exigia todo o empenho do corpo e da mente, toda a atenção do mundo para capturar e matar a presa arisca. Pior para mim, que estava na sua frente bem no meio de uma caçada! É o filho da guaianá que mora comigo, o guri não para quieto, vive na caça de tudo que se move, parece um filhote de jaguar, não fala, grunhe, come com a mão, pesca no riacho com lança que cria de improviso – disse meu avô, entoando essas frases como se o curumim fosse um animal selvagem, mantido a duras penas em liberdade vigiada nos arredores da casa.

O menino só notou a minha presença na hora em que eu estava na soleira da porta, pronto para entrar. Olhou-me breve, mas fixamente, com uma intensidade calada de fera sedenta nos olhos brilhantes. Logo depois, voltou a se entregar por completo à incansável perseguição ao lagarto. Nesse momento fugaz, pude reparar que os cabelos do garoto eram lisos e levemente acobreados, muito parecidos com os do vizinho campeiro.

Ao entrarmos na sala, meu avô começou a falar que tinha sido o vereador eleito com o maior número de votos em toda a história da região, que era muito querido pela população local devido às inúmeras benfeitorias realizadas, melhorando em muito o vilarejo, que passou a ser chamado de cidade durante o seu mandato. Sua voz era roufenha, musical, e o acento de gaúcho da fronteira não atrapalhava a articulação, enfática e clara, das palavras. O velho era, na verdade, um tribuno, um orador, que já tivera a voz registrada, ao vivo, nas estações de rádio locais, como me narrara orgulhoso. Era também um populista, um caudilho, um déspota, como existe aos montes pelo Brasil do interior afora. O problema é que fui criado ouvindo os meus pais dizerem que eu era igualzinho ao meu avô, pois só vivia lendo, isolado, e também por gostar de arte, música, teatro. Como sou o primeiro artista e intelectual da família, tive que conviver com tais impressões obscuras, nascidas de alguma necessidade orgânica de pertencer e ser enquadrado numa indefinida tradição familiar, em alguma ancestralidade vaga, uma herança que sempre me soou estranha e arbitrária, fundamentada em leis genéticas, para dizer o mínimo, tortas.

Somente quando a jovem índia me trouxe um café, e o velho parou de falar, voltando a tomar o seu chimarrão, reparei que a casa não tinha cômodos, nem paredes divisórias. Era um grande galpão todo esquadrinhado por estantes de livros, em sua maioria velhos, fora do catálogo das editoras, raridades, certamente, mas inutilidades também. Não para o meu avô, que olhava para aqueles corredores labirínticos com fascínio e paixão. O escritor Jorge Luís Borges, certa feita, declarou que se existisse algo parecido com o paraíso, aqui na terra, este lugar seria como uma biblioteca. Vendo o meu avô flutuar pelas estantes, de uma hora para outra remoçado, impulsionado por uma energia e fogo vital impressionantes, tão entregue ao que fazia dentro de casa como o curumim caçador de lagartixas lá fora, tive que concordar, na condição de testemunha ocular da história mítica dos homens, com a *boutade* lançada pelo gênio da escrita argentino.

E foi movido por essa força renovada que o velho tirou, com agilidade infantil, de uma das estantes, a tradução da *Ilíada* feita pelo lendário Odorico Mendes, da qual sabia trechos inteiros de cor. Começou a descrever as cenas de batalhas mais famosas do clássico grego, os personagens principais envolvidos, a genealogia completa das famílias dos heróis. Recitava de memória longas passagens, em êxtase e entusiasmo, com uma dicção encantatória que media o peso exato de cada palavra emitida, deslizando com pés alados pela andadura marcial dos versos homéricos. Até que, a certa altura, chegou ao ponto crucial que o levara a retirar especificamente aquela obra da estante: tinha o projeto de escrever, com a mesma rítmica e estilo do rapsodo avô da literatura ocidental, a epopeia da Revolução Farroupilha! Era uma proposta que já vinha amadurecendo há anos, tendo, inclusive, começado a rasurar alguns trechos, mas a lida diária o havia impedido de viabilizá-la a contento. Possuía a convicção plena de que a sua *Ilíada* dos farrapos seria um divisor de águas na história do Brasil, reescrevendo os fatos revolucionários sob a ótica que, enfatizava, era a verdadeira, e que remodelaria de vez o caráter do povo do Rio Grande, lançando as bases para que o estado finalmente se separasse do restante do território brasileiro.

Enquanto meu avô falava, fui, aos poucos, abstraindo a lógica do arrazoado tradicionalista, separatista, rancoroso, idealista que defendia, e trazendo para primeiro plano a dinâmica sonora, significante flutuante presente na música oculta de sua fala embriagadoramente recitativa. Numa espécie de transe, retirei, peça por peça, a armadura que até então usava para me proteger da ambiência de violência que me oprimia desde que chegara, energia que pressentia vir, sem dúvida, das ações executadas pelo velho ao longo dos anos. Ao fazer isso, um redemoinho de sensações e sentimentos começou a tomar conta de meu corpo, que parecia sentir os efeitos da ingestão de um alucinógeno natural, reciclando os sentidos de tudo o que me atormentava ali: a jovem kaingang não estava mais sendo tratada como uma escrava doméstica, o filho dela não era visto somente como um animal selvagem desprezível, a adaga e o revólver na cintura do velho não matavam nem feriam adversários políticos ou campeiros vizinhos, a atitude patriarcal não se impôs brutal na formação de seus filhos. As estantes de livros começaram a andar, a se movimentar como as árvores da floresta de Macbeth, meu avô começou a dançar e a cantar em torno do espectro de um velho português deitado na terra de chão batido da casa. Ele agora era um xamã, fumando um tabaco sagrado, que se encontrava em pleno processo de decodificar a língua do espírito mineral que açodava o corpo do luso adoecido. Precisava atravessar o mundo dos mortos, traduzir e dominar as linguagens dos reinos da natureza para curá-lo, arrancando o pensamento de pedra doente que o desumanizava. Feito isso, levaria, palmilhando todo o território localizado entre os Andes e o oceano Atlântico, a nossa família, a nossa tribo, a população da cidade em que fora vereador, ao encontro da Terra sem Mal, onde os heróis civilizadores, os espíritos ancestrais, os grandes xamãs cantam e dançam o dia todo sob as sombras das figueiras, em meio a gloriosas goladas alegres de cauim.

    Quando voltei a mim, o velho me olhava de soslaio, curvado, afastado uns quatro passos de distância, fazendo a cuia do chimarrão roncar mais alto do que a cantoria dos pássaros, que naquele segundo invadia o recinto; a jovem guaianá, agachada, colocava em minha boca uma mistura de ervas que fizera às pressas, assim que me viu tombar no chão; o curumim saíra em disparada pela estrada tentando chegar o mais rápido possível na casa do único médico da localidade afastada em que nos encontrávamos. O que deu em você, guri, que de repente começou a revirar os olhos e a bambear, começou a tremer de cima a baixo, parecia que o Tinhoso tinha mandado um parente para te pegar, até que caiu desmilinguido, sem eira nem beira, espatifado no chão? "Senti como um morrer dentro de mim: / e caí como corpo morto cai", lembrei agora desses versos de Dante, que fecham o quinto canto da *Divina comédia*, e que bem poderiam ter sido a minha resposta à pergunta atônita de meu avô naquela tarde vivida há mais de quarenta anos, pois imagino, vagamente, ter visto a lombada da obra-prima dantesca em uma das estantes, no momento em que abria os olhos, voltando a mim. Respondi, na hora em que me recuperei, que não sabia de nada, que não me lembrava de nada, me desculpando por todo o mal-estar causado, mas que precisava ir, pois meu amigo já estava me esperando na rodoviária para seguirmos para Bento Gonçalves. Que é isso, chê, se recupera dessa traquitanda toda, descansa, se tu quiser pode dormir aqui esta noite, disse, compassivo, meu avô.

No caminho de volta para a cidade, de mochila nas costas e com uma caixa de uvas nas mãos – o velho insistira que as levasse, faça sagu com o que não conseguir comer, enfatizou, esboçando, pela primeira vez, um sorriso, durante todo o tempo em que estivemos juntos –, vejo duas figuras andando em minha direção com passos apressados, quase correndo. Era o jovem índio, filhote de jaguar, kaingang selvagem, trazendo pela mão o vizinho campeiro, que parecia caminhar sem pisar no chão. Ao me ver bem, de pé, andando disposto, relaxou pela primeira vez desde que partira em disparada da casa de meu avô, abrindo um largo sorriso, que durou apenas cinco segundos, para depois retornar a seu estado natural de guerreiro caçador em vigília constante. O campeiro de cabelo acobreado contou-me que o curumim não achara o médico e, desesperado, foi chamá-lo para que fosse cuidar de mim. Era curandeiro, aprendera muita coisa com seu avô xamã, e levava consigo uma sacola repleta de ervas, raízes, plantas para a pajelança de cura. Agradeci muito o cuidado e a atenção, mas disse que já me sentia muito melhor, que estava de partida e que tinha um compromisso inadiável. E, ali mesmo, atravessado por uma doce e repentina melancolia, me despedi solícito de ambos, que seguiram rumo à casa de meu avô, de mãos dadas, deslizando pela estrada de terra batida vermelha, ainda iluminada por réstias de sol.

CÃO SARNENTO

Um cão sarnento não fica à toa exposto, parado, esperando as coisas acontecerem. Um cão sarnento anda pela cidade. É enxotado do bar da esquina, quase morre atropelado, depois de ser chutado pelo açougueiro – que agora enriqueceu e tem uma loja dentro de um supermercado de luxo. Um cão sarnento não consegue se livrar da agonia de se coçar, de tentar arrancar o que está grudado na pele, vida parasitária, carcomendo por fora e por dentro. Um cão sarnento sente fome, sente sede, sente o couro abrasar a alma, as horas, os dias, saltitando em quatro patas pelos parques e jardins, sujeito a sofrer ataques não só dos vigias, mas de matilhas de cães que se organizaram em gangues – assim se defendem melhor, predam melhor, se alimentam melhor, em bando, violentos, donos da verdade, da moral, da ordem. Um cão sarnento não, ele traz pregado nos pelos os apelos esquecidos do passado, ainda que viva o presente mais do que todos nós, ainda que as chamas inflamem, queimem alto, bem alto, em labaredas exuberantes. Então, cão sarnento, perguntei, quer desabafar, quer falar algo, vem cá, te pago uma cachaça, te pago um pão na chapa, te dou alívio momentâneo, escuto o que você tem a dizer. Mas o cão sarnento não quer dizer nada, aceita a aguardente e o pão, mas não diz nada, não consegue, as palavras enfileirariam os sentidos em ordem unida e ele só sabe viver com tudo gritando, lançando chamas simultâneas, jatos escaldantes, multipolares, espasmos sem mais nem por quê. Um cão sarnento vive dilacerado, se rasgando, incontinente, vira-lata, sem-vergonha. Simbiótico, sofro, penalizado, desejando ardentemente que aquele bicho faminto – só instinto, quase hiena, quase onça, quase tigre, quase humano, uma cruza – se acalme, se localize, esboce algo, boceje, articule mundos, acredite em fadas, faça alguma coisa para mudar. No entanto, nada disso acontece, nada. Uma simples distração de visão, uma simples escorregadela de foco e o cão sarnento já escapuliu, já sumiu, já está dobrando a esquina outra vez. Não, cão sarnento, não! Volte! Volte capeta! Volte homem-bomba! Volte terrorista! Volte artista! Volte labareda! Minha vida está mais vazia do que a sua... Minha vida é mais vazia do que a sua... Minha vida é sua! Quero dizer, a minha vida é a sua! Quero dizer, a minha vida precisa urgentemente da sua, cão sarnento! Volte, por favor... Mas ele nada escuta, continua a sua caminhada, já foi para a autoestrada, está na margem de terra batida, sentindo a velocidade e a urgência dos automóveis em seu focinho úmido, em suas patas com lamas e restos de comidas grudados. Como sei disso? Apenas sei, sei por que o sigo, persigo, persigno-me, estou de *bike atrás dele*, estou sentindo tudo, xeretando a sua trilha, estou ligado a ele como a uma partícula subatômica cindida, distanciada ano-luz de sua outra metade e ainda assim estabelecendo comunicação. Uso a telepatia com o cão sarnento, mas é um tipo diferente de telepatia, uma telepatia que não é só mental, é uma telepatia sensória, de cheiros, gostos, fomes, frios, medos, toques. Telepatia de corpo inteiro, telepatia de quem um dia sonhou que estava atravessando uma rua em Ipanema e viu um cara caído na sarjeta, por onde descia um córrego de água de esgoto, e o cara estava ali jogado, bebendo aquele fluxo de lixo aquoso; sem pestanejar, preocupado com o seu estado degradante, o peguei pela gola do terno – ele estava de terno – e o levantei – pensei que estivesse morrendo –, o coloquei de pé, altivo, ele com olhar lívido, face amarela, mortiço, mas ereto, quase firme, salvando a sua vida. No justo momento em que o coloquei minimamente apresentável, no entanto, reparei que aquele cara tinha a minha cara, eu me via nítido no espelho, o que me deixou em pânico e me fez abandoná-lo ao seu destino insano de beber água podre na sarjeta. Nesse exato instante passa o cão sarnento, errante, incansável, seguindo viagem, sem parar, ele não pode parar, tem que andar, se consumir por inteiro, se iluminar por inteiro, em chamas sagradas, o vento do movimento realimentando a sua queimadura, que se expande – ainda assim ele não vira cinza, pois é um cão, não um pássaro mítico qualquer e nada, nada o fará renascer. Vou atrás do cão sarnento porque sei que ele não quer morrer, quer continuar traçando o movimento trôpego de suas quatro pernas entrelaçadas, cego vidente, lúcido xamã. Contudo, de repente, o cão sarnento entra num desvão e muda de paisagem, o que era desassossego constante insinua um alento, há uma suspensão ilusória das imagens em movimento, há uma mudança de aroma, de ares, de cor, de dinâmica. Ver uma montanha ao entardecer, depois de cruzar as águas poluídas da baía de Guanabara, leva o cão sarnento a um transitório êxtase místico – o cão sarnento comunga com os santos esse dom, o dom de suportar o insuportável, de levitar, de operar milagres, de morrer em vida, de estar aberto para perceber e transformar as misérias mais recônditas, menos explícitas, mais silenciosas. E é só olhar nos olhos do cão sarnento que todo o recalcado transborda, todo o oculto, todo o submerso entra em erupção e se espalha, reconfigurado, pelo cosmos. O cão sarnento, então, pega a folha de papel amassada e a joga no lixo por não expressar o desejado, por revelar mais do que deveria, por ser ruim mesmo. É ele quem lê em voz alta o ininteligível, o código primitivo, o grunhido primeiro. É o cão sarnento quem lê nas estrelas, nas entranhas, as estradas, os desníveis, os destinos. É o arúspice mago, abre os ventres dos outros animais e lê ali o que ninguém leria, o que não deveria ser dito, ele tenta dizer. E sofre e arde e urra e ladra, incendeia e morre, vivendo a aventura deslizante, escorregadia, de tentar dizer, calado, o indizível. Só para quando chega no alto de uma pedreira abandonada, no momento em que nasce o dia, e se entrega por inteiro a ouvir o som da cachoeira escondida – no centro do ponto de desova dominado pelo tráfico –, enfim um lugar onde se sente em paz, ainda que por um simples e fugaz momento, pois o cão sarnento sabe, por instinto, que deve voltar a andar, a correr, a arder sem parar.

MORTO

O corpo deitado no caixão, coberto de flores amarelas, da pele lívida só mostrava as mãos entrelaçadas em concha e o rosto agora oval cinza branco. A dois passos do esquife, perto das pernas do defunto, eu me encontrava parado, tentando tomar pé da situação. Ao meu lado, à direita, o pai e a mãe, mantendo posturas sóbrias, porém visivelmente destruídos por dentro; à esquerda, três homens parecidos entre si, sem traços que evidenciassem pertencimento à família do morto, desconfortáveis, se preocupavam tão-somente em não atrapalhar quem chegasse para dar um último adeus, rezar, mandar boas vibrações, votos de paz, mensagens secretas para o falecido. Comovido, os olhos dissecando a matéria inerte, há pouco menos de dois dias abandonada pela vida, passei levemente o indicador no pomo do rosto para esconder uma lágrima pendente. Fui atravessado pela estranha ideia de que todos os que foram se despedir, na verdade, não queriam deixar o finado partir. Faziam, em silêncio ou em conversas murmurantes, respiração boca a boca, as duas mãos impulsionando o peito, tentando negociar com a morte, mesmo sabendo da inutilidade patética de tal gesto.

Múltiplos pensamentos dessa natureza cruzaram, como fogos de artifício, os céus carregados de meu luto: intensos, fugazes, luminosos, ruidosos. Como muitos outros ali, estava silente, sem esboçar expressão alguma, ou ao menos imaginava que não. Um pensamento específico veio, ficando mais tempo do que os outros, numa nuvem em espiral, me envolvendo por inteiro. Pude, então, apreender algumas de suas formas impalpáveis. Achei, por um momento, que um sopro de vida viria reanimar o morto na sala de velório. Um sopro ao mesmo tempo divino e cotidiano como a brisa que move, casual, os meus cabelos numa manhã de outono. A luz da chama da energia vital reacenderia aquele corpo, transitaria suavemente por seus poros, vencendo, mais uma vez, a matéria escura do universo. As águas do mar se movimentariam, a contrapelo, por meio do calor úmido dos ventos em festa. O barro esculpido se reergueria apoiando-se nas árvores e, depois de dar uma inspirada profunda, revitalizante, haurindo o máximo que seus pulmões suportassem, soltaria o ar em um sopro relaxado, preparando-se para iniciar, vitorioso, cabeça a prumo, a sua primeira caminhada, redivivo, pelas sendas de uma floresta tropical transbordante.

Imediatamente, essa ideia se conectou a outra. E se esse novo sopro que ressuscitaria aquele corpo inanimado, o resgatando para a existência física, tivesse sido emitido por demiurgos de outros seres da natureza? Se fosse um fluxo vital transmitido por um karaíba formiga, ou cotia, onça, harpia, macaco, vitória-régia, peixe-boi, abelha? Quem ou o que se reestruturaria para a vida? Haveria uma remodelação total da forma e do espírito? Uma mistura se daria, um ser híbrido, anfíbio, hermafrodita, apareceria diante de nossos olhos? A alma humana, que vive dentro de todo ser, floresceria sob que novo desenho material? Olhei novamente para os três homens incomodados à minha esquerda, estavam mais constrangidos ainda do que antes, definitivamente deslocados da ambiência mítica que começou a vigorar;

sentados agora num canto distante, o pai escorava a cabeça no ombro da mãe, que secava, lenço branco à mão, as lágrimas do rosto, redesenhado por uma luminosidade sombria; as peças tinham mudado de posição no tabuleiro de xadrez do recinto, um xeque-mate se anunciava.

Preciso tomar um café, pensei, um pouco abalado pela natureza de minhas reflexões. Virei as costas e me desloquei do quadrado imaginário em que me fixara na sala, saindo pela porta de entrada, cruzando uma extensa fauna de seres humanos ligados, cada qual a seu modo, à vida que há pouco se esvaíra. Até que me vi numa área descoberta, anexa ao espaço do velório, sob a imensidão de um céu branco azul cinza chumbo. Uma chuva fina começou a cair, molhando as estátuas, as campas, as flores, a verdura ao redor. Era o sinal que, sem saber, esperava: tirando a roupa, inicio, renascido, a aventura de minha caminhada rumo à Terra sem Mal.

PAQUETÁ

Podia dizer, enfim, que estava adaptado à minha nova vida. É bem verdade que, de vez em quando, um mal-estar aqui, outro acolá, mordia o meu pescoço com dentes de solidão ou de lembranças involuntárias. Nada, contudo, muito preocupante; nada que pudesse, de uma hora para outra, começar a desfiar a teia que vinha tecendo, aos poucos, para executar os meus planos de criação e mudança. Creio que aprendera a me precaver contra as intempéries, a me proteger das viragens bruscas de humor que as datas simbólicas, com toda a sua imposição cultural de felicidade e integração social, causavam em meus estados de espírito, por razões afetivas as mais diversas. Neste ano, então, em que o desejo de anular a comemoração do Natal já estava amadurecido, as coisas correram muito bem: não festejei o nascimento de Cristo, fiquei em casa lendo sobre a civilização tupinambá, que vivia na baía de Guanabara, antes da chegada dos portugueses.

Atitude que foi – posso entender melhor agora – o complemento de outra, tomada anteriormente, no fundo muito semelhante: no dia do meu aniversário, em outubro, não quis comemorar a data de meu nascimento; só o fiz porque as pessoas mais chegadas insistiram, alegando que se sentiriam incomodadas se não lhes desse no mínimo alguma satisfação. Na verdade, o único evento em que me sinto impulsionado a querer viver a força da vida gregária é a passagem de ano. Por isso, numa espécie de concessão a mim mesmo, comprei, há dois dias, uma entrada para uma festa da virada, organizada por amigos de uma amiga que tem casa no bairro-ilha de Paquetá.

E foi essa decisão que me colocou atravessando a Baía de Guanabara, no dia de ano-bom, levado pela barca Ipanema, rumo ao complexo de ilhas cujo significado em tupi antigo é lugar de "muitas pacas". O vento do mar no meu rosto, vez por outra, dava à travessia ares heroicos, desbravadores, épicos. Apesar disso, não seguia viagem cheio de expectativas de que pudessem ocorrer grandes acontecimentos; quase nenhuma, para dizer a verdade. Arrumara, por desenfado, a mala na noite anterior, saíra no horário em que me programara pela manhã, estava quase chegando na ilha famosa e não pensava em nada que dissesse respeito ao que me aguardava. Lembrei apenas, em dado momento, que a minha anfitriã estaria me esperando na saída da estação das barcas e que eu teria um quarto somente para mim na casa-pensão da família dela.

Enquanto os músculos das águas se movimentavam, escarificados pelas embarcações e massageados pelos ventos, recordei do momento em que minha colega de trabalho – que já me convidara inúmeras vezes para desfrutar das belezas e tranquilidades da ilha da Moreninha –, tomando um chope na mureta da Urca, me convidou para a festa de Ano-Novo em Paquetá. Fizemos um brinde logo após eu, entusiasmado, prontamente aceitar, embora no íntimo intuísse que seria mais provável não ir. A lua cheia prateava as águas e os barcos ancorados na baía. O Cristo Redentor, os morros da Urca, do Pão de Açúcar e o Cara de Cão se destacavam sombrios do restante da paisagem. Um pintor impressionista, com certeza, se deliciaria com as infinitas sugestões daquele ambiente noturno, cheio de história e misticismo.

Agora, o sol estalava no lixo que boiava no interior nordeste da baía de Guanabara, algas e molhos errantes de plantas aquáticas se acoplavam ao monturo, sob rasantes de gaivotas à procura de cardumes, atravessado por patos pretos ousando mares distantes, mas ainda assim na proximidade de ilhotas e falésias. Tartarugas, bichos-preguiça dos mares, traziam, displicentes, à superfície, ora o casco ora a cabeça, esbarrando em bonecas de borracha com olhar de gelo horrorizado e corpo de pano branco, imundo, manchado de um preto-cinza oleoso. Cadeiras amarelas de plástico flutuando como cadáveres, com previsão de decomposição de até 450 anos, deixavam-se acompanhar aleatoriamente por vidros, caixas de isopor e pneus de caminhão, todos com prazo indeterminado de desfazimento na natureza. Sem contar com os poluentes químicos invisíveis, metais pesados, múltiplas substâncias tóxicas. Um cenário apocalíptico e degradante de descaso e abandono, uma sequência cega de ofensas à vida, gerando, em mim, indignação e tristeza, impotência e amargor.

Meus olhos, ressecados de horror, se enchiam, agora, entretanto, de lágrimas poéticas, ao se perderem ao longe, fantasiando belezas diversas no desenho das montanhas, florestas indevassáveis, quedas d'água exuberantes, nascentes e fozes de rios puríssimos. Claro instante imaginário logo desbancado pelo fluxo viscoso e renitente de dejetos flutuantes, chocando-se contra o primeiro plano de enormes plataformas, instalações metálicas, galões de petróleo e lubrificantes, estruturas complexas e amarelas, querendo competir, arrogantes, com o deslumbre do sol.

Assim que a velha barca atraca no velho cais, cumprimentando balsas, catamarãs e outras embarcações ancoradas, procuro minha amiga entre as poucas pessoas que aguardam a nossa chegada, do posto no alto da proa da Ipanema, no qual passei boa parte da viagem. Nada. Retorno, ainda com fragmentos de imagens da viagem deslizando pelo corpo, para o meu assento, onde deixara minha mochila e as champanhes que trazia para a hora da passagem de ano, sob os cuidados de um casal solícito e com ares mareados, que mais cedo aceitou cuidar, de boa vontade, dos meus pertences. Eles não estavam mais ali. Um rápido calafrio de medo e imprudência subiu por minha nuca; no entanto, os objetos estavam, aparentemente sem qualquer alteração, do jeito que deixara.

Logo que termino de descer as escadas internas da Ipanema, ao olhar para as janelas da esquerda, me deparo com uma cena que demorei um bom tempo para decodificar, tecer um sentido, encontrar um vestígio qualquer de verossimilhança: em torno de cem canoas – cada uma com uma média de vinte a vinte e cinco guerreiros, pintados e ornamentados para a guerra – aportavam ao lado de nossa barca em grande alarido. Apenas o morubixaba que as comandava se mantinha imperturbável, imponente à frente da armada, em pé sobre a igara que parecia ser a mais ágil de todas. Entre os guerreiros ameríndios, portando arcabuzes e espadas, uns com calções bufantes, outros com armaduras ou roupas do século XVI, também pintados e emplumados, alguns mamelucos e brancos europeus. Minhas pernas tentaram se fixar no chão do veículo náutico, buscando criar absurdas raízes no metal; meus ombros, estáticos no ato de se curvar para colocar a mochila nas costas, assumiram o peso da corcova de Padre Anchieta; a boca entreaberta e seca, a pele lívida, quase morta.

Fiquei assim por segundos que pareceram séculos, até que consegui começar a tentar entender o que se passava; com essa finalidade, consultei de memória as minhas recentes leituras, delineando um significado qualquer para desfazer o desespero que se apossou, instantâneo, de mim. Pelo corte dos cabelos em coroa, pareciam ser tamoios, filhos de Maíra, jamais temiminós maracajás, filhos de outro karaíba feiticeiro civilizador, Sumé, cujos cortes eram feitos sob a forma de meia-lua. Aquela situação não poderia ser uma convocação de outras tribos tupinambás para uma batalha contra os *perós*, portugueses chorões, pois Paquetá não fora – se eu estiver correto em relação à época em que imagino que tudo esteja se dando – habitada por tribos pela ausência de água potável, sendo, para os habitantes milenares da baía, apenas um ponto de passagem e colheita de frutas silvestres.

Fui interrompido nessas especulações ao reparar – presa assustada – que o principal da tribo notou a minha presença dentro da barca e lançava, sem volteios, um olhar fulminante em minha direção. Tembetá na parte debaixo do lábio inferior, colares de dentes de inimigos no pescoço, escarificações pelo corpo todo, braceletes, penugem de harpia nos cabelos, todo pintado de jenipapo e urucum, causava, a um só tempo, encantamento e pânico.

Por instantes, temi por minha vida. Mas o tuxaua retornou à posição inicial de espera silenciosa e precisa, voltado para frente, concentrado ao limite, parecendo, contudo, possuir milhares de olhos espalhados por cada poro de seu corpo, o que lhe dava uma percepção de mundo de outra natureza – multidirecional, multidimensional.

Minha amiga me esperava de pé na praça *Pintor Pedro Bruno*, ao lado de um bebedouro de pedra, segurando uma bicicleta com uma das mãos. Com a outra gesticulava, conversando com pessoas que, pressupus, pela espontaneidade da situação, fossem velhos conhecidos locais. Ao me ver chegando, escorou a bicicleta e acenou com os dois braços abertos, como se fosse levantar voo, abrindo um sorriso largo, seguido de um grito de ave de rapina. Fiz o mesmo, sem, entretanto, poder acenar ou abrir asas. Estava com as mãos ocupadas por duas sacolas com bebidas, além da mochila nas costas.

Após dar dois beijos em minha amiga, cumprimentar as pessoas com as quais falava, recebo, de chofre, uma pergunta que veio salpicada de ironia e preocupação: "Você demorou a sair, acho que foi o último a deixar a barca. Está tudo bem?". Um pouco surpreso pela inesperada fala de boas-vindas, respondo que nem havia reparado que demorara tanto a sair, que estava mesmo era extasiado diante do cenário da baía e da ilha, apesar do descaso público com a preservação e cuidado ecológico da região, problema crônico de nossa cidade. Ela sorriu cúmplice e disse, sincera: "Que bom que você está aqui!", me dando um forte abraço de asas mornas. Retribuí do jeito que pude, as mãos ocupadas, o tronco meio torto, a cabeça pênsil. Depois, nos despedimos de seus amigos e fomos andando em direção à casa-pensão onde ficaríamos juntos por alguns dias.

No caminho, com os olhos ainda turvados pela súbita aparição da frota tupinambá, tamborilavam, pelos espaços amplificados de minha cabeça, vertiginosas reflexões sobre a visão, tão concreta e presente, que me visitou. Claro, o principal da frota era Guaixará, sim, ele mesmo, o imenso guerreiro tamoio, *senhor de Cabo Frio*, que morreu em batalha naval próxima ao complexo de ilhas em formato de oito infinito, em 13 de julho de 1566. Estava ali se preparando para enfrentar as naus e barcos com velas e remos do capitão-mor do Espírito Santo, Belchior de Azevedo, ajudado por tribos tobajaras – como os tamoios chamavam os seus inimigos irreconciliáveis, os maracajás, temiminós e tupiniquins. Os brancos europeus, que vi salpicados no exército tupinambá, eram os papagaios amarelos, franceses fugitivos de Villegagnon e do forte Coligny, muitos ex-calvinistas genebrinos, ex-luteranos, ex-católicos, já miscigenados, agora também filhos de Mair.

Reparando em meus inesperados desligamentos de nossa conversa, minha amiga se mostrava um pouco preocupada. Perguntou, por isso, se passara mal durante a travessia da baía. Com um riso amarelo, respondi que sempre sou acometido de náuseas em viagens de barco ou avião, e que, vergonhosamente, logo nos primeiros instantes, antes mesmo até das criancinhas enjoarem, já passava mal, mas que dessa vez isso não acontecera. Abrindo o portão para mim, ela disse, levemente desassossegada, que tinha algumas ervas para curar enjoo, se acaso eu precisasse.

Minha amiga vivia, de modo intermitente, na Ilha há mais de 50 anos, e a casa que durante algum tempo serviu de pensão, agora desativada para o público em geral, utilizada só para abrigar amigos, era a mesma em que passara a sua infância e as idas e vindas ao Rio durante a sua adolescência e vida adulta.

Era uma casa rústica, com ar senhoril, elegante, mas com um certo aspecto geral de abandono, que se entrevia nas frestas da madeira das paredes e móveis, exalando, muda, as diferenças de tratamento que recebera durante a passagem dos anos. De modo semelhante, o quintal, precisando de reparos diversos, mas com uma beleza nobre, encarnada na variedade de árvores, trepadeiras e arbustos, de onde se exibia - cheio de folhas e frutos caídos - um velho chafariz de louça encardida. Ao lado, um balanço improvisado, com banco de madeira e cordas amarradas numa figueira antiquíssima, se mantinha ainda utilizável, muitos anos após a sua instalação. Mais ao fundo, um casebre que se diria desabitado, não fosse o moderno bicicletário instalado à sua frente, local em que minha amiga deixava agora a bicicleta que conduzira pela mão durante toda a nossa caminhada.

Antes de apresentar o quarto em que eu ficaria, anexo à cozinha, me disse que mais tarde me mostraria o restante da casa, num tom de voz que deixava subjacente a ideia de que só o faria se eu me mostrasse verdadeiramente interessado. Queria mesmo, àquela altura, era organizar as minhas coisas no quarto, dar uma descansada e depois passear sozinho por Paquetá; mais especificamente, dar um pulo na praia dos Tamoios. Assim, respondi a ela que não havia o menor problema, que conversaríamos mais tarde com toda a calma do mundo.

Despedimo-nos com mais dois beijinhos e um abraço. Foi quando, pela primeira vez, percebi que minha amiga estava com um longo penacho preso no cabelo; as penas pretas, cinzentas e brancas estavam quentes e tão bem entrelaçadas ali que tive a impressão de que eram partes vivas de seu corpo. À distância, subindo já as escadas para o seu quarto, com voz agudíssima, um chilrear de fêmea convocando o macho para ajudar na proteção do ninho, disse, imperativa, que iria me levar, no final do dia, ao cemitério de pássaros, um programa que eu não poderia deixar de fazer em minha estada na ilha. Assenti que sim com a cabeça, concessivo e amigo, fechando a porta do quarto pensativo e levemente aturdido.

O quarto tinha a forma de um retângulo com uns três metros de comprimento por dois de largura. Uma porta se conectava com a cozinha, a outra com a área que ia dar na piscina. Na parede oposta à da entrada, uma larga janela colonial aberta descortinava o quintal que há pouco visitáramos. O piso de tábua corrida, com algumas fissuras, se contrapunha ao velho ventilador de teto, esquecido ligado, rodando preguiçoso, movido pela missão, de antemão fracassada, de espantar o calor e os mosquitos. Era, na verdade, um quarto-corredor, uma passagem que virara quarto em algum momento da história daquela casa mais do que centenária. À minha frente, uma cama de solteiro com um travesseiro e uma colcha branca, já amarelada, dobrada, com um criado-mudo ao lado; à esquerda, um armário de madeira avermelhada no qual coloquei minha mochila e os meus documentos. Atrás da porta, ao lado do armário, vislumbrei uma rede embolada em um gancho afixado a meia altura; andei até a parede oposta e lá encontrei outro gancho cravado sobre a cabeceira da cama. Tirei toda a minha roupa e, sem pestanejar, deitei na rede que acabara de estender; esta deu uma pequena balançada ao sentir o meu peso, fazendo os ganchos rangerem como urros abafados de onças anciãs. De modo automático, sem saber ao certo o porquê, me enrolei na rede, que tomou logo o formato de um casulo e, instantaneamente, dormi... dormi e sonhei... muito...

Saiba o senhor que eu não atinava direito no que acontecia. Não sabia se a morte me chamara enfim ou se era só uma ferida das brabas que me acometia, se continuava desacordado por não suportar a dor que me tragava, se estava sonhando, se tudo não passava de uma viagem ao mundaréu do além. Só sei que não me movia, que não saía do lugar. Não sentia corpo, terra, não sentia chão, não sentia nadica de nada, seu moço, nada mesmo. Percebi, bem aos pouquinhos, que estava estirado, pernas abertas, os braços com as palmas das mãos mirando as nuvens passando no céu, a pele dizendo em silêncio que começava a se transformar, a me metamorfosear em não sei o quê, a cabeça virada para o lado, um cheiro de morte impregnando tudo. Os olhos não viam, senhor, os ouvidos não escutavam, a nervura de meus membros não respondia. Além do cheiro, podia sentir um gosto amargoso de terra queimada grudando a minha língua no celeste da boca. Vindo de longe, baixo, bem baixo, mas de grau em grau aumentando, comecei a ouvir uma algaravia doida, pareciam vozes de aves, vozerio alto de metal arranhando, de quem acabou de caçar presa farta. Aquela som de ruído esticado, de grunhido de canto nervoso foi atiçando os meus músculos. Primeiro uma das pernas tremelicou, depois o abdômen, o braço, o ombro, a bochecha, até que pude abrir um olho, e o queixo foi logo caindo ao vislumbrar o luzidio da cena: em alvoroço, saltando corpos de gente, se detendo sobre cabeças, arrancando olhos, despedaçando troncos, voando em pequenos rasantes, a rapinaria parecia em assembleia, todo mundo gritando ao mesmo tempo: uiraçu, guaricuja, harpia, coruja, águia-açores, águia-cinzenta, águia-pescadora, águia-serrana, gavião-de-penacho, gavião-pato, gavião-pega-macaco, caracará, urubutinga, e muitos outros que não reconheci de visada primeira. Quando meu outro olho começou a ver o que se passava do outro lado, uma tristeza de sertão em chamas atravancou meu peito: meus parentes estavam todos mortos, seu moço, e ainda assim sendo devorados sem dó pela rapinagem. Somente eu, só eu só, sozinho tava intacto, um pouco distante do terreiro, já quase na mata. Me inteirei disso quando o restante de meu corpo voltou a dar sinal de vida. Mas só no instante em que consigo me virar por inteiro é que *a carnificina se mostra em toda a sua crueza e sangueira! E foi justo nessa hora, seu moço, que algo de espantoso assucedeu diante desses olhos que a terra há de comer: o gavião-real – era fêmea, muito mais robusta e de muito maior lindeza que o macho – acendia, com suas garras, o fogo, esfregando dois pedaços de pau um no outro com muito engenho e arte; e com muita autoridade também, dando ordem a torto e a direito para a passarada, mandando que a carne crua fosse cozida pelo bando rapineiro. Boquiaberto com o que se descortinava a minha frente, ao mesmo tempo muito atento para aprender a técnica de como se fazia o danado do fogo, solto, sem querer, um gemido de espanto e admiração. Foi o bastante para que a harpia me flechasse com um olhar tão penetrante quanto o que Guaixará lançou mais cedo no senhor, seu moço, no porto de Paquetá. Nos entretantos, de modo diverso da rajada saída dos olhos do tuxaua, a do gavião-real fêmea me era muito, mas muitíssimo familiar. Toda a passarinhada, com instinto predador, se volta sem pestanejar para onde eu tava. Com a esperteza de quem sobrevive a qualquer estiagem, me faço de morto dos pés à cabeça, gelado por dentro, fedendo que nem carniça por fora. O mau cheiro afasta a rapinaria, menos ao urubutinga, que resolve arrancar, famélico, um pedaço de meu ombro. Dou um pulo lépido de onça matreira, rugindo com os olhos em brasa, as garras e bocarra cortando o ar. A rapinagem, portentosa, em louca revoada, debanda atarantada. Num gesto de desespero, lambo as feridas de meus filhos, de meus irmãos, de minha mãe, de meu pai, de meus avós, tentando ludibriar a* morte. Não, seu moço, não, não, não estou dizendo que virei onça e que assim consegui espantar a morte e a passarada. Arrgh, urrrh, não, não, iaua, não!, tzi, tsi, tsrrahh, naorrhh, naum, zaum, não, nauômeu, nauômeuti, nauiaua, nauiauare, nauiauaretê, não!, o senhor não entendeu nada não, não mesmo, só quis salvar os meus, os meus parentes pintados, pardos, negros, raro brancos, descendentes de minha mãe ancestral! Pois sim? Se aquiete, seu moço... Isso é um aviso... Tô com o enojo da vingança quicando no baço. O senhor se aprume, siga o seu traço, xispa!, xô!, sai da minha frente.... agora!...

Acordo encharcado de suor, os cabelos revoltos, com minha amiga no lado de fora da janela, uma caipirinha de groselha silvestre na mão, rindo de meu estado e me convidando para dar um mergulho na piscina que o caseiro acabara de limpar para que a gente pudesse curtir. Claro, claro, querida, vamos nessa, respondo com voz cavernosa e bafo de onça.

Assim que saio na área que dá para o entorno da piscina – de um lado, uma edificação com telhado de meia-água, cadeiras de plástico, churrasqueira; de outro, os quartos anexos dos empregados –, topo com uma arara-canindé, belíssima, de plumagem ouro-azul, sobre um poleiro fixado numa grade que cobria o vão de uma janela inutilizada. Repetia, num desenho melódico de voz humana, as palavras-nomes Harpia, pia, Guaricuja, Guá Gavião, fêmea real, poderosa Chris Har pia, Chrissie Guari, cuja Hynde, Guá Guará Ga vião. Olhei para a minha amiga roqueira, com uma tatuagem da líder dos *Pretenders* na batata da perna e falei, zombeteiro: não é à toa que você é professora de licenciatura, educou maravilhosamente bem a ararinha. Ela me olhou primeiro muito séria, com dois olhos imensos, cor de mel com fundo negro, dois captores de lonjura separados por um nariz adunco elegante com argolas prateadas, um olhar profundo e intenso, pura precisão predadora que me gelou da cabeça aos pés. Logo depois, instantaneamente, soltou uma gargalhada de alta frequência, que ecoou pelo quintal afora, fazendo tremer as taças de cristal separadas para a champagne da virada. Depois, falou pausadamente, como se estivesse me dando uma aula, o nome modernista da ararinha: *Tar-si-la*. Gostei. Gostei da aula e do nome. Fui me sentar ao lado de minha amiga, de costas para a piscina, tomando a caipirinha de groselha sanguínea que ela me oferecera.

Ficamos ali, em silêncio, cada um na sua, escutando os cantos dos pássaros, o zumbido dos insetos, a dança dos ventos, o sol estalando nas folhas, a música de fundo que minha amiga colocou, baixíssima, no aparelho de som. Até que a aparição de Oswald, um jabuti amarelo e marrom, encheu o lugar de poesia, filosofia e mistério. Nossos olhares foram imantados pela temporalidade zen de seus movimentos, pela determinação admirável, *forte e vingativa*, na sua busca de executar roteiros, roteiros, roteiros, roteiros, roteiros, roteiros, roteiros, de percorrer longas distâncias, saído de seu casebre para dividir a água fresca em uma vasilha no chão com Tarsila, no outro lado do quintal. Minha amiga, sem meias palavras, tirando o foco de nossa atenção da tartaruga mítica, me perguntou se eu não queria aproveitar que estava seminu e depilar todo o meu corpo. Como?, retruquei, parecendo entender as palavras mas sem compreender o significado daquela sugestão. Isso mesmo que você ouviu, é muito melhor para nadar no rio ou no mar, para atravessar as matas, para fazer amor, ela disse. Depois você aproveita e depila os meus pelos pubianos, continuou. Medroso, tímido, excessivamente preso a valores e desejos de minha formação, fiquei calado sem nada responder por um bom tempo. Ela não falou nada também. Até que, num susto, sem encará-la, respondi com uma voz abafada, que quase não saiu da garganta: ok.

Ao abrir o portão da casa, no meio de uma tarde esplendente, sob um céu solar, sinto o vento bater em meu corpo depilado, assim como em meu novo corte de cabelo em forma de coroa, pois minha amiga não foi nada parcimoniosa, fez o serviço completo em mim. Uma sensação de pertencimento me domina ao pisar, descalço, o chão de terra batida. As árvores me olham com outros olhos, assim como todos os seres vivos, a mata, os morros ao redor. Ouço, cortando as moléculas de ar, um grito estridente, penetrante, que paralisa tudo: "Você prometeu que iria visitar comigo o cemitério dos pássaros, os monumentos ao pássaro abatido e ao pouso do pássaro cansado!".

Não localizo ao certo de qual lugar aqueles sons são emitidos, olho para todos os lados e, de repente, vejo, em uma janela no sótão da casa, minha amiga parada, os braços grudados no corpo, o pescoço teso, a cabeça com leves ondulações momentâneas, me secando com seus imensos olhos de mel negro. Digo que podemos ir amanhã bem cedinho, na aurora do primeiro dia do ano, não será bonito, poético?, hã?, logo de manhãzinha?, agora eu preciso dar um passeio pela Praia dos Tamoios. Impassível, ela nada responde, se volta com o corpo inteiro para trás, levemente saltitante, como se não tivesse maleabilidade nos braços e na cintura; a cabeça, porém, permanece me olhando por instantes, e só segue o corpo certo tempo depois. Dei de ombros e me pus a caminho, um pouco ansioso para chegar logo na praia almejada. Antes disso, parei e peguei no chão uma pena branco-cinza de harpia que encontrei caída à frente do velho portão. Num gesto que, de modo estranho, me pareceu corriqueiro, prendi a plumagem no que restou de meu cabelo, à moda do enfeite de minha amiga.

Passo a passo, sinto a terra pulsando sob meus pés, minha pele depilada e renascida, a brisa, meus olhos com muito mais amplitude e detalhes de visão, a ondulação sinuosa da costa da baía, os morros, as estradas, os cheiros verdejantes, a maresia, ouço o canto das aves, o som das bicicletas rodando, das vozes se desfazendo à distância. Passo a passo, passo em frente à estação das barcas, passo pela paróquia *Senhor Bom Jesus do Monte*, pelo caramanchão e parque dos Tamoios, até chegar ao local em que sabia que devia estar àquele momento, movido não sei por que força imponderável. Paro diante do busto de Guaixará, leio nas placas as dedicatórias, homenagens, patriotadas, romantizações sobre o seu passado. E, de uma hora para outra, a paisagem se desloca, flamboyants, coqueiros, baobás somem, a Mata Atlântica originária se refaz por toda a ilha...

Quando me volto para trás, vejo um karaíba - provavelmente um dos primeiros, pelo porte mítico, saído da origem dos tempos - esparzindo tabaco por entre um grupo de mulheres, que traziam grande quantidade de farinha de guerra para alimentar a armada. Pintadas de preto e vermelho, prontas para tirar, com cuias, a água do fundo das canoas, e para utilizar novos poderes de magia, passados a elas agora pelo karaíba ancestral, na grande batalha que se anunciava, as mulheres estavam sendo esperadas pelos guerreiros para entrarem juntos nas igaras, que flutuavam ao vento no vinho verde das águas.

Guaixará, nesse instante, executava, com habilidade tribuna, a sua prédica final, na qual lembrava os feitos heroicos dos antepassados, de morubixabas de tabas aliadas por parentesco ou solidariedade, estimulando a todos, com palavras aladas, flechas cruzando céus claríssimos, a realizarem bravuras, a não esmorecerem, a se doarem ao máximo no campo de batalha, a se vingarem de tudo o que os *perós*, mestres da dissimulação e do não cumprimento da palavra dada, fizeram de mal para as suas famílias e amigos. Armados de escudos de couro de antas, de arcos multicoloridos na madeira e na corda de algodão, de flechas de dentes de tubarão e ferrões de arraias armazenadas em estojos de casca de árvores, de setas incendiárias, de ibirapemas emplumadas, de espadas e facas quinhentistas trocadas com os papagaios amarelos, os guerreiros ouviam concentrados. Todos adornados com penas vermelhas de guará e cabelos tosquiados à moda de coroas, marcas de distinção tupinambá.

Os guerreiros passaram a manhã contando os sonhos que viveram na noite passada, trocando narrativas das imagens que os visitaram como presságios de bom ou mau agouro. Chegaram à conclusão de que a vitória era certa, os sonhos todos indicavam isso. Nessa mesma noite passada os grandes guerreiros tomaram cauim; os velhos, as velhas, os tuxauas fumaram tabaco para iluminar a inteligência; todos unânimes na necessidade vital de vingança. Antes, no dia anterior, o grande karaíba estivera conversando sozinho com os espíritos dos ancestrais, deitado numa rede branca tocando o maracá, e os antepassados disseram a ele que era chegada a hora da ação. Agora, ao cabo da falação de Guaixará, os tambores começaram a tocar, junto com as flautas feitas de ossos dos inimigos mortos em batalha e com as cornetas de som bélico e encorajador. A tropa se dirige para as canoas, soltando urros em uníssono que fazem os pássaros debandarem, assustados.

Assim que partem, me dirijo ao feiticeiro, que minha imaginação, insistente, dizia ser o próprio Pajé do Mel, o único sobrevivente da origem dos tempos, pois não sofrera a vingança da Velha Coruja, quando esta fez descer dos céus chamas devastadoras. Os homens viviam em festa na Terra sem Mal, onde as flechas caçavam sozinhas, o pau de cavar desenterrava as raízes sem dar trabalho a ninguém, todos só dançavam, bebiam, comiam, e a Velha ia visitá-los para celebrarem a vida juntos. Contudo, um dia, todos começaram a desprezar a Coruja primordial que, irada, volta para o céu, executando a sua vingança com a destruição de quase toda a terra, por meio de uma saraivada de fogos, enviada pelos raios de Tupã. Somente a região em que vivia o Pajé do Mel foi salva, e essa é a Terra sem Mal, que os tupinambás, coletores caçadores, nômades e agricultores, voltam sempre a buscar, realizando longas caminhadas pelo continente, levados por algum karaíba profeta, que geralmente afirma ter achado o caminho perdido por gerações e gerações. Perguntei ao maracá do xamã mítico se eu poderia me juntar aos parentes tamoios na luta contra os *perós*. O pajé setencia que não, que minha missão era outra, que eu só saberia depois da virada do ano. Agora eu deveria voltar para casa e encontrar com a harpia de quem Maíra roubou o segredo do fogo; será ela quem me guiará para o cumprimento de minha missão, que terá início já na próxima volta do sol.

Parei no primeiro bar que encontrei e pedi uma cachaça, tomando a caninha num gole só. Uma música histérica saía altíssima de duas caixas de som postas do lado de fora do recinto. A cidade se preparava para a passagem do ano, o clima geral era de festa e comemoração. Embora nesses momentos haja um desprendimento geral próximo à folia carnavalesca, o mundo não fica realmente de ponta cabeça como na farra momesca. Por isso, não entendi muito bem por quais razões as pessoas não me olhavam curiosas; agiam como se ter a seu lado um mameluco reindigenizado, no corpo e na alma, fosse a coisa mais comum do mundo. Paguei a pinga para um dono de bar entendiado com toda a festividade ao redor, como se o som altíssimo fosse mais uma obrigação comercial do que um gosto pessoal, e fui andando em direção à pensão de minha amiga. Durante a trajetória de volta, continuei me perguntando, confuso, obsessivo, se o que vivia agora em Paquetá era algo realmente ordinário, recorrente mesmo, e, devido a isso, os ilhéus já se haviam habituado a cruzar, dia a dia, com bichos urbanos metamorfoseados em guerreiros tamoios.

Ao abrir a porta da sala, após cruzar a rede vermelha balançando na varanda, visualizo minha amiga totalmente transformada em harpia. Como se fosse algo há muito esperado, como se o presente houvesse se ampliado naturalmente para abarcar o poético e o mítico, como se aquela forma fosse a que se adequasse melhor à sua alma, me aproximei e abracei com carinho e delicadeza aquele corpo emplumado, acomodando, com uma leve inclinação, a minha cabeça à dela. Não sei por quanto tempo ficamos ali parados, abraçados, integrados, trocando energias e silêncios. Até que, bruscamente, ela me empurrou para trás, saiu voando para o jardim, juntou dois pedaços de madeira, os friccionou e fez, mais uma vez, a chama sagrada. Cativado, enfeitiçado, parei disponível diante dela, que me disse, assertiva: "Vamos para a festa no Iate Clube. Você vai levar este fogo nas mãos. Na hora certa, saberá o que fazer." Não consegui retrucar nada, apenas assenti com a cabeça, pegando logo o rumo do clube.

Dançamos ao som de muito rock and roll, tomamos drinks diversos, minha amiga encontrou vários amigos, nenhum deles em forma de ave rapineira; e de uma hora para outra, sem contagem regressiva, os fogos explodiram pelos céus de Paquetá. Enquanto todos comemoravam a chegada do ano de 2019, eu e minha amiga, em silêncio, em meio à algazarra e troca de felicitações, deixamos a festa profana e fomos, fogo sagrado em punho, em direção à praia dos Tamoios.

Lá chegando, muitos cadáveres de mulheres, rapazes batedores-caçadores-remadores, guerreiros adultos, morubixabas, franceses, mamelucos, boiavam soturnos pelo vinho escuro das águas. Destruído por dentro diante da cena desoladora, me dirigi, impulsionado por motivações misteriosas, para uma canoa que flutuava à minha esquerda. Entrei num salto arisco na igara e coloquei o fogo num recipiente apropriado em sua proa. No fundo do tronco cortado, transformado em embarcação, se encontravam a ibirapema, o arco e o estojo de flechas, o escudo de Guaixará.

Minha amiga levantou voo e deu voltas ao meu redor, emitindo chilreios rapaces que, estranhamente, soaram claros e precisos aos meus ouvidos: "Agora que você está no seio da árvore primeira, de onde a Velha Coruja extraiu os seres originários, usada como igara guerreira por Guaixará, terá que cumprir a missão que o Pajé do Mel lhe reservou: voltar para a praia na qual os portugueses criaram o primeiro vilarejo na Guanabara, na Urca, no morro Cara de Cão, para começar a retomar, a partir dali, toda a nossa terra saqueada pelos *perós*. Assim você dará o primeiro passo para restabelecer, com a ajuda do fogo sagrado dos antepassados, a grandeza de nosso mundo na Guanabara." Ouvi esses sons parado de pé na canoa, a postos para zarpar, o corpo cheio de olhos, concentrado ao extremo, as garras firmes nos remos. Assim que o último som da águia-real fêmea ecoou pelo ar, comecei, imediatamente, a cumprir o meu destino de onça pintada tupinambá.

Esbarrando, ao longo do caminho, em bonecas com braços e pernas cor de pele, em cadeiras de plástico esverdeadas, em garrafas vazias oleosas, em pneus de caminhão flutuantes, segui noite adentro em direção à praia do morro Cara de Cão, montado em serpentes entrelaçadas, ágil, deslizando pelo mar, guiado pelas estrelas e pelos movimentos em espiral de minha amiga Guaricuja.

LAGARTO

> Sim, apareceu um lagarto no Chiado. Grande e verde, um sardão imponente, com uns olhos que pareciam de cristal negro, o corpo flexuoso coberto de escamas, o rabo longo e ágil, as patas rápidas. Ficou parado no meio da rua, com a boca entreaberta, disparando a língua bífida, enquanto a pele branca e fina do pescoço latejava compassadamente.
>
> "O Lagarto", José Saramago, in: *A bagagem do viajante*, p.77.

O cão latia insistente, o corpo teso, o pelo eriçado, o rabo em seta, a baba deslizando lenta e gosmenta sobre o muro. A seu lado, o seu dono, um sorriso congelado no rosto, orgulhoso pela exibição viril de instinto caçador do animal, ao mesmo tempo, constrangido pela desmedida de um princípio de escândalo público. Os transeuntes, na calçada estreita, diminuíam o passo ou paravam para entender melhor o que acontecia de insólito no local. Havia um muro um pouco inclinado, com algumas portinholas antigas regulares, que subia da praia, uns dois metros, até o rés da calçada. Todos que passavam, mais cedo ou mais tarde acabavam por direcionar o olhar para baixo, para o mesmo ponto específico da areia que hipnotizava o cão. Passei também, sem me deter, pensando que na certa seria o efeito da presença de ratazanas, muito comuns naquela parte de beira-mar, que funcionava como uma espécie de estaleiro de canoas de fibra de vidro. O cãozinho, de médio porte, quase todo branco com detalhes pretos nas zonas limites do corpo, manteve-se fiel à denúncia de seu achado e não parou de latir um instante. Ao menos, até o momento em que dobrei à esquerda e segui meu caminho, cruzando arcos estilizados que pareciam dividir o bairro em dois mundos. O eco dos latidos se mantivera, longínquo, e cada passo meu apagava ainda mais a sua presença, permitindo que uma nova paisagem sonora se impusesse a mim no ambiente da rua.

Somente hoje, uns três dias após a cena do cãozinho que acabo de relatar, passando pelo mesmo local, pude compreender o que estava em jogo naquele momento, no lusco-fusco de um espaço urbano ainda aberto à possibilidade de convivência com a mais crua natureza. Nada mais, nada menos do que um lagarto negro-cinza de uns três palmos de comprimento, com detalhes esverdeados nas costas, a cabeça escamosa, fixava-se senhoril na areia, ao lado do cano de escoamento de água. Olhava de baixo para cima, atento aos movimentos de dois vendedores ambulantes - que o miravam do mesmo ponto em que se encontrava anteriormente o cachorro -, lançando a língua bífida vermelha no ar com precisão matemática. Um dos mascates, após dispor a caixa de isopor envelhecido que trazia nos ombros nas pedras portuguesas, disse que a partir de agora não apareceria mais ratos ali, pois o lagarto os iria caçar impiedosamente. Perguntei de onde ele viera, como se instalara naquele espaço distante de seu habitat. O outro comerciante, equilibrando um tabuleiro de doces entre a barriga e o muro, respondeu que viera da montanha, por meio do cano que passava por debaixo dos prédios, do asfalto, da calçada.

A verdade é que estávamos todos encantados pela beleza estranha daquele ser de porte elegante, com movimentos a um só tempo ágeis e controlados, predador de topo de cadeia, dono potente de sua vida de réptil em plena conquista de um novo território de caça. Após alguns instantes de contemplação extasiada, segui meu caminho, me despedindo dos vendedores; dessa vez, contudo, ao contrário de minha primeira experiência, virei à direita, voltando para casa, inteiramente possuído pela imagem de lucidez lustrosa daquele animal arcaico, nosso contemporâneo. Meu corpo bípede, sem escamas, sem detalhes luzentes, sem língua bífida, sem perspicácia predadora, sem visão rotatória múltipla, me pareceu precário, desengonçado, vertical demais. Meus braços e pernas, lentos, gratuitos, nada precisos. Minha cabeça, meus cabelos, meus óculos de uma inutilidade sem par. Comecei, então, a imaginar a vinda do lagarto para aquele canto da praia, a pedraria e mata que abandonou ao encontrar a entrada do cano, que logo adentrou movido pelo redemoinho de cheiros que subiam do espaço afunilado e longuíssimo.

Ou, talvez, tenha sido levado sem escolha pelo fluxo forte das águas de alguma tempestade, junto com outros animais e plantas, terras e galhos, numa noite de raios e trovoadas. Ou, quem sabe, ainda, tenha perseguido conscientemente um novo território, impulsionado pela escassez de alimentos, por ter sido derrotado por um macho mais forte, que o obrigou a partir para novas conquistas. Mas e se era uma fêmea atrás de um lugar seguro para colocar os seus ovos? Ou tudo isso junto ou nada disso? Importa que a imagem do rei lagarto se impusera a mim e logo fragmentos de canções de Morrison começaram a despregar-se de meu inconsciente. Assim como lembranças da vivência produzida por um conto de Kafka, no qual um animal cavava, obsedante, um túnel subterrâneo, movido por uma voz narrativa geométrica e febril, dopando seus leitores com um tipo muito especial de angústica grotesca, vertiginosa.

Após chegar à portaria de meu prédio, no exato momento em que coloco o pé no primeiro degrau da escada, uma lagartixa branca e transparente sobe, apressada, pelo corrimão de madeira tosca, na certa assustada com o fenômeno inexplicável de minha aparição. Corre desesperada e atinge o seu esconderijo, uma das muitas rachaduras da parede envelhecida, parando, entretanto, antes de entrar. Nesse instante, lança um olhar que me remete ao do rei lagarto – claro que mais fugaz e civilizado, menos potente e vital, quase medroso. Esperei em vão que estabelecesse alguma relação comigo, demorasse me encarando, o porte da cabeça e dos membros altivo, chicoteando o ar, desafiadora, com sua língua bífida, ritmada e vermelha. Mas nada disso aconteceu. Quando me arvoro a dar um segundo passo para subir a escada em direção ao meu apartamento, o réptil já tinha sumido – sobrevivente de um mundo em ruínas – por uma das frestas-portais espalhadas pelas paredes do prédio onde moro.

NA PISCINA

> "Nadar es como tomar una droga."
>
> Lola Arias - "La nadadora" - In: *Los posnucleares*.

Perguntei a ela quantos metros fazia nadando. Ela respondeu que não contava a metragem, somente estabelecia um tempo para ficar na água e pronto, nadava; desse modo, podia deixar a cabeça livre para devanear à vontade - arrematou, com um esboço de prazer oculto em sua fala. Achei muito boa a resposta e fiquei um bom tempo gargalhando na borda da raia que dividíamos na piscina do clube. Ela não entendeu muito bem o porquê de tanta graça, soltou um rápido riso sisudo, colocou os óculos de borracha rosa no rosto e voltou a nadar. Como, até então, não tinha pensado em algo tão óbvio? Era a deixa que precisava para que a viagem-transe em minha mente aflorasse! Liberando a cabeça para ir aonde quisesse, o corpo, naturalmente, se exercitaria nas obrigações de manutenção da saúde. Sim, claro, tudo fez, de uma hora para outra, sentido, pois sempre achei que a saúde do pensamento fosse o delírio e o êxtase e não a contagem e a medida. A mente ama deslizar pelas águas do nada da mesma forma que o torso goza ao discorrer sobre a superfície azul transparente da piscina. A mente alivia-se ao deixar-se levar pelas vozes e imagens nascidas das sensações, assim como a brisa e a água fresca hidratam a pele sob o forte calor de verão.

O certo é que sempre estive dividido. Acorrentado, por um lado, à contagem ansiosa do número de voltas dadas na piscina, marcando cada braçada e cada chegada, movido por metas de autossuperação e aprimoramento; por outro, possuído pela amplidão e pelo desconhecido, cedendo aos apelos impalpáveis da lonjura. Esta última situação costuma acontecer quando nado de costas. Nesses momentos, me vejo voando em conjunto com as aves que migram pelo céu, contribuindo para tracejar a letra V que desenham no éter; outras vezes, me sinto dominado pela sensação de adentrar na leveza mítica da origem dos tempos, rarefeito nas nuvens que envolvem, lenta e calmamente, o Cristo e o Corcovado.

Sim, agora, sim, as coisas clareiam, ao menos poeticamente: ela, ao nadar, compõe versos livres, longas odes whitmanianas ao prazer liberto de estar viva; eu, por meu turno, ergo, nadando, ao me utilizar de formas fixas, vitrais de sonetos ou góticas catedrais de versos ímpares, decupando e metrificando o gozo de viver.

Um grupo de crianças mergulha repentinamente na raia que faz divisa com a minha, atravessando os meus pensamentos como raios em céu nublado. Se lançam no abismo após cantarem belos hinos de morte diante de Deus, soltando gritos de despedida numa língua indiscernível, com maiôs laranjas de equipe de ginástica, caindo de barriga, de bunda, de cabeça. Ainda me refazendo do susto, viro o pescoço e deparo-me com a salva-vidas gorda, rindo, relaxada e pachorrenta, da algazarra viva da cena. Finalmente acontecia alguma coisa que a tirava da modorra de ser salva-vidas de piscina semiolímpica em um clube militar. Estava sempre reclamando de ressaca, sempre tentando ler um livro que nunca acabava, sempre jogando conversa fora com outros funcionários também presos às mesmas horas mortas que a torturavam. Talvez se estivesse na praia, certamente lotada, muitas cenas semelhantes se sucederiam, e os segundos não escorreriam tão lentamente quanto o leite condensado gelado que colocou no pão francês, ainda sonolenta, na hora do café da manhã.

Mesmo sem me habituar a toda essa situação, ajeito a máscara preta no meu rosto e, mais uma vez, mergulho, retomando a dinâmica da natação. O tempo urgia, minha companheira de raia já estava, no mínimo, a três voltas na minha frente. Quase aceito, ainda de modo intuitivo, que o combustível que me impulsiona a nadar com mais empenho nasce, no fundo, de uma disputa. Tenho praticamente a certeza de que tudo começou no momento em que conversávamos sobre as diferenças entre tempo corrido e tempo marcado. Mas talvez nada disso importe agora, pois começa a aflorar em mim a incontrolável sensação de que preciso vencer a minha oponente. Ela usa um pé de pato imenso que dá agilidade e leveza a seus movimentos. Ainda assim, tento alcançá-la na raça, sem qualquer artifício, sem qualquer nadadeira. A raia da piscina assume ares, de uma hora para outra, de estrada isolada, própria para competições de vida e morte entre motoristas suicidas sem lei nem rei. Ela estava com um maiô estampado com florzinhas multicoloridas, uma touca rosada, concentrada em seus gestos, quando finalmente percebeu que eu queria ultrapassá-la. Deu, em resposta à minha ação, uma discreta – porém dura – movida de flanco para a esquerda, de modo a evitar que a deixasse para trás. Não resta a menor dúvida agora, essa era a dica que faltava para entender de vez que a rixa delirante não era coisa só de minha cabeça: fora dada a largada para a corrida das corridas, a batalha das batalhas, a competição das competições!

Vê-la debaixo d'água deformava o seu corpo. E isso chegou a um ponto em que comecei a presenciar a sua imagem em pleno processo de metamorfose: formas embaçadas, moventes, entre a mulher, a sereia, o peixe, a uiara, o aerofólio, a carroceria de um Baja Califórnia. Quando coloquei a cabeça para fora, seguindo a dinâmica do nado de *crawl*, sedento para não perder o ritmo da contenda, vi, de relance, uma pessoa exatamente igual a mim, de terno e gravata, segurando uma pasta executiva, na borda lateral esquerda da piscina. Não parei, continuei a nadar, apesar da cena insólita; contudo, assim que levantei outra vez a cabeça, a pessoa já estava na borda oposta, inteiramente nua, muito parecida comigo ainda, mas com feições e corpo de um hominídeo entre o *Neandertal* e o *Homo sapiens*. Estanquei, então, no meio da piscina, tirando, apreensivo, os óculos: olhei para um lado e para o outro, não havia nada nem ninguém em especial, exceto um sujeito meio entediado lendo um jornal numa longa espreguiçadeira branca. Ao notar que parara de nadar, me olhou menos curioso e mais movido, mecanicamente, pela estranheza de uma quebra de rotina qualquer. Em seguida, virou a página do jornal, acertou os óculos na ponta do nariz e retomou a leitura, banhando-se confortavelmente nos últimos raios de sol do dia.

Ela passava satisfeita por mim com a folga de muitas voltas à minha frente; achando, provavelmente, que eu havia desistido por ter parado, sem mais nem menos, no meio da prova. Não, ah, não, comigo não, violão!, mesmo sem nadadeira nem pé de pato sou um boto rosa, vou vencer essa corrida como os heróis mais improváveis da história. Voltei a mergulhar, meus braços eram agora dois cutelos cortando ferozes a plástica das águas azuis. Braços que não eram mais meus e sim pura rotação em alta velocidade febril, fabril. Sou uma máquina futurista de Álvares de Campos, o protótipo de um novo ciborgue que vai revolucionar o mercado de robôs, a precisão vitoriosa dos novos seres virtuais se impondo no mundo real. Não, não, na verdade não sou nada disso, sou um nada, um nada cósmico, um nadador, um produtor de nadas, nadando para lugar nenhum, dando voltas, indo e voltando numa piscina de clube de milico, competindo, solitário, comigo mesmo...

Quando constato a minha estupidez, diminuo a marcha; meu coração, no entanto, começa a bater mais forte, sinto a pulsação, não escuto – debaixo d'água não dá para escutar nada direito, assim como não dá para comer, respirar, dormir direito. Dormir debaixo d'água é morrer lentamente. Mas, na certa, é uma morte menos desagradável do que ser enterrado e apodrecer nos subterrâneos, servindo de pasto para os vermes. Além disso, quem sabe se lá no fundo da piscina não vou encontrar alguma resposta significativa para o mistério da vida? Encontrar o verdadeiro Deus? Ou somente um deles, o deus suarento do cloro azul? Quem sabe se, de uma vez por todas, não me asseguro de que somos apenas matéria cósmica, pulsação e ritmo reprodutivos em ciclos sem fim...

Passo a reparar em minha respiração, mais pausada e tranquila. Nadar agora é meditar, meditação cinética, como se fizesse tai chi. Sim, embaixo d'água dá para fazer tai chi chuan e também sexo, dá para chorar sem saborear as lágrimas caindo pelo rosto, dá para ficar quieto por um tempo prendendo a respiração num ensaio simulado de morte. Paro na borda da piscina – dois gêmeos univitelinos, na lateral, se olham e riem por verem a sua duplicidade refletida no espelho d'água – e, num movimento primevo, me vejo em posição fetal, flutuando como se estivesse no líquido amniótico da barriga de minha mãe. Lembro, num relance, que aos três anos de idade quebrei a mandíbula na borda da piscina; por isso, tenho até hoje essa pequena cicatriz escondida pela barba grisalha em meu queixo. De repente, a bolsa estoura e o fluido se transforma em lama, não consigo me movimentar mais, estou enrascado, me sentindo mal, com gestos lunares. Uma ideia inesperada me diz que, ao contrário, um banho de lama pode ser bem terapêutico; sim, estou fazendo terapia! Minha pele, músculos, articulações agradecem, que bom! Vou voltar mais forte para a peleja! Pode me esperar, senhora do tempo corrido de pés de pato, estou de novo em estado de pura emulação!

Noto, todavia, que minha adversária não está mais na piscina (decerto cansou de rivalizar com um desconhecido deselegante); também a equipe de meninas tinha sumido (creio tê-las visto dormindo, os braços dobrados sobre as pranchas de natação, boiando à deriva); do mesmo modo os gêmeos (cada um partiu para um lado, deixando aos pedaços a fímbria do espelho d'água); o homem que lia (sobrou apenas o jornal, preso à sua materialidade de papel e tinta, deitado esvoaçante na longa espreguiçadeira alva); a salva-vidas (algo me diz que foi para a praia tomar uma cerveja, contemplando a face sanguínea do sol).

Um imenso vazio silencioso impera sobre todas as coisas, sussurrando aos meus ouvidos que estou absolutamente sozinho no meio da piscina já escurecida. A iluminação do clube está quebrada e uma lua esplendente abre uma estrada de luz, que treme sombria sobre as águas azulejadas. Penso em dar uma última volta, mas meu corpo me boicota: sinto câimbras, meus pés e mãos estão enrugados, meus lábios quebradiços, meus olhos avermelhados. Saio da piscina pela escada prateada, me arrastando como um náufrago que acaba de chegar, ofegante, a uma praia deserta numa ilha desabitada. Retiro a minha touca preta e começo a me dirigir para o vestiário, percebendo que o clube foi engolido por tons e camadas sucessivas de uma penumbra densa. As imagens e vozes que vieram me visitar enquanto estive nadando, agora se perdem em névoas circulares e distantes, desfeitas pelos desvãos de algum tipo bem pouco nítido de memória.

NO MAR

Acordo com o estalar metálico do som de aviso de chegada de mensagem no celular ecoando pelo quarto. Na dúvida entre me deixar levar pela curiosidade de ver quem me solicitava tão cedo ou de continuar deslizando pelas imagens do reino dos sonhos, fico na cama por mais uns dez minutos, sem movimentar nenhuma parte de meu corpo, talvez nem os olhos. Um jacaré-açu hibernando, quase morto, matéria fria sustentada por um último fio de energia necessária para a preservação da vida. Até que me conscientizo de que perdera o sono de vez e decido, sem muita convicção, pegar o meu *iPhone* no criado-mudo instalado na lateral da cama. São cinco horas, o dia ainda madruga. A mensagem era da professora de natação, enviando as fotos que tirara na véspera, por volta das oito da manhã, de um pequeno grupo de alunos reunidos, cada um vestido para um tipo diferente de esporte. Eu me encontrava ainda de bermuda e camiseta, no fundo, à esquerda de quem vê a imagem, recém-chegara naquele momento à barraca armada no calçadão da praia; confesso que fui pego de surpresa pela chamada animada da professora para uma *selfie*. Voltara a nadar após dois anos e estava ficando empolgado com a retomada do esporte, me deixando levar por metas de disciplina e dedicação – a única razão de eu me permitir sair nesse tipo de foto, pensei, num esgar amargo.

Estava na minha segunda semana de natação, ainda não conhecia praticamente ninguém do grupo; na verdade, não chegaria mesmo a fazer qualquer tipo de amizade ali. Ultrapassar o mero bom-dia, como vai, a piada rápida e rasteira, o dito fugaz, evasivo, a aproximação sem qualquer compromisso para além da educação e da informalidade precavida, não estava em meus planos e, creio, nem nos de ninguém daquela equipe provisória, montada às pressas para tirar um retrato. O ponto de encontro era uma barraca desmontável e seus arredores, local dinâmico de entrecruzamentos, usado para a mudança rápida de roupas e apetrechos, não uma área para sentar, conversar e admirar o mar, muito menos uma tenda – como as existentes nos espaços de trocas entre caravanas que atravessaram desertos – para livres negociações. Além do mais, nadar, para mim, sempre fora um esporte solitário, não seria diferente agora, embora me sentisse confortável por ter um grupo – ainda que ilusório – me recebendo de modo acolhedor sob o mormaço da manhã. Examinando as fotos, já menos sonolento e mais integrado à luz do dia, após abrir as persianas cinzas da janela do meu quarto, achei até que saí bem: comedido, simpático, apesar de sutilmente querendo fugir do enquadramento da imagem.

A franja do dia resplandecia, empurrando delicadamente a noite de volta para a sua gruta de mil luas. Nas ruas, ainda com as luzes dos postes acesas, ciclistas e transeuntes se movimentavam para lados opostos, parecendo não estar inteiramente despertos. Uns iam para o trabalho, outros para os seus locais habituais de exercícios – espirituais, físicos, voyeurísticos, de cuidados de si. Uma antiga canção se interpôs entre os meus olhos e o mundo visto da janela: "A clareza da manhã / chega toda devagar / Feita de muitos azuis /

Soltos em gotas no ar / Molhando as coisas de luz"; não consegui lembrar nem do restante da letra nem da melodia exata da música de Caetano. Não importa, quero mesmo é saborear ao máximo o momento embriagado pelo som silente dessa canção. Comecei, então, a vasculhar o céu de lado a lado, enfeitiçado pelos desenhos, vertiginosos e mutantes, que se formavam nos blocos esparsos de nuvens; pelos recortes geométricos do voo de pássaros solitários ao alcance lateral de meu campo de visão; por um desolado avião, iluminado como um disco voador, que soltava os trens para pousar, triste e matinal, no Santos Dumont. No entanto, logo a tela de cinema da janela começou a perder o seu encanto: a manhã se esparramou pelo mundo e a claridade, com seus contornos lúcidos e precisos, requisitava de mim, impositiva, ação, atuação, presença na vida comum.

Mudei de roupa, vestindo o calção de banho, juntei todos os apetrechos para a natação e coloquei-os em minha mochila. Uma sensação de que iria executar uma missão importante e grandiosa me dominou por um segundo sem qualquer explicação. Depois, peguei uma maçã na geladeira e parti para a praia Vermelha, mastigando a fruta polpuda pela rua. O tempo, morno num instante, em outro, solar, parecia querer me avisar que o mar não estava para peixe, muito menos para humanos querendo se engraçar pelos limites improváveis de seu território. E com toda razão, pois o mar pertence ao mar, não aos homens, nem a quaisquer outros seres que saíram de suas águas para povoar a terra. Absoluto, o deus sabe que foi o primeiro a abraçar o todo do planeta e que a vida só existe por causa dele. Por isso, tem consciência plena de que voltará, a qualquer momento, a envolver e a dominar, mais uma vez, cada mínimo palmo do globo terrestre.

Após cumprimentar a todos que se aglomeravam ao redor da tenda da equipe de ginástica, colocar touca, óculos e tapa-ouvido, me dirigi para a beira-mar, ainda com as recentes instruções do que deveria executar ao nadar - dadas, há pouco, pela instrutora da terra - reverberando em minha cabeça. Os pés, ao tocarem a água, gritaram alto, me alertando de que estava muito, mas muito gelada. Constatei, nesse instante, que o quadrado de boias delimitando o espaço ao redor do qual os alunos nadam, estava mais próximo da rabeira da encosta do morro da Babilônia, onde algumas pessoas, já àquele horário, pescavam, parecendo, à distância em que me encontrava, compor pequenos quadros vivos levemente nebulosos.

Remando uma prancha de *stand up paddle*, como se fosse uma igara maracajá desgarrada da esquadra de sua tribo ancestral da Ilha do Governador, chega à beira da praia o professor marítimo com um sorriso ameríndio, me dando bom-dia e usando, sem dúvida, da arte da telepatia, pois começou a falar respondendo exatamente às questões que até então me intrigavam e me impediam de mergulhar. Disse, de modo suave: a água está fria mas é só entrar sem medo, o corpo logo se acostuma à temperatura... completou explicando ainda que a mudança do recorte quadrado de boias para mais perto da encosta não implicava em nenhum perigo, tinha sido uma proposta da professora terrena devido às condições da maré àquele dia. Bem, diante da facilidade de solucionar mistérios do instrutor profeta ameríndio, só me restava mergulhar. E foi o que fiz, arisco, querendo esquentar o meu corpo em águas cuja temperatura se mostrava, para mim, bem próxima à dos mares glaciais.

Quando cheguei à primeira boia para dar início à natação regular, uma cálida corrente submarina me ajudou a acalmar os sentidos, ainda que intimamente soubesse da inevitável brevidade de sua passagem. Nas três primeiras braçadas, não vendo praticamente nada diante de meu nariz, submerso em águas verde-musgo acinzentadas, vieram à mente, outra vez, as imagens contra as quais esperava não ter mais que voltar a duelar, depois de terem passado duas semanas do meu retorno à natação. Dissera a mim mesmo, tentando me convencer, de que só vinham, assim, à minha revelia, porque passara muitos anos nadando em piscinas – apesar de, em minha adolescência, ter sido um surfista do Leme – e que, logo, logo, se desvaneceriam, pela força do hábito, me deixando em paz para ter o prazer de nadar no mar com tranquilidade. Confortado por tais pensamentos, sigo para dar a primeira volta no quadrado demarcado por bexigas de borracha redondas, alternadamente azuis e vermelhas.

De repente, como uma verdade que, inexoravelmente, começa a se desvelar, o mar inicia o movimento de expor a sua imensidão, os seus mistérios, a sua profundidade, e, sem qualquer motivo específico, tudo ao redor ganha uma proporção descomunal. De uma hora para outra, fui atingido por uma solidão insuportável, que feriu a minha pele como uma água-viva – esse duplo transparente do líquido salgado, de aparência mais orgânica, que traz em si o lado inesperadamente traiçoeiro do mar, capaz de queimar sem se fazer perceber, indiferente, preciso, fatal. Abriu-se, como o olho de um ciclope, um oco infinito entre as águas, o céu, as montanhas, a baía que, num átimo, virou golfo, rápida e abruptamente oceano aberto, desdobrando-se vertiginoso Atlântico, Pacífico, Índico. A paisagem respirava, com lentidão pavorosa, em sua amplidão titânica, grunhindo muda e reverberante, e eu ali, solitário, bicho da terra tão pequeno, por livre e espontânea vontade girando, descontrolado, por um dos vértices desse torvelinho.

Encarei o maracajá – que estava flutuando nas proximidades, de remo e prancha, para me orientar e proteger – com o olhar desesperado dos afogados; ele, sabendo-se meu inimigo milenar, pois evidentemente já localizara e percebera, em nossa rápida convivência, minhas raízes tupinambás, me contemplou com a cumplicidade ambígua de quem já devorara inúmeros parentes meus em ritos sagrados antropofágicos e se manteve, naturalmente, impassível. Temi que ele estivesse invocando os anhangás que vivem nos abismos do oceano, espíritos dos homens da primeira humanidade – mortos pela vingança apocalíptica do Velho mítico, o criador do céu e da terra –, que somente saem do pélago profundo para aterrorizar, muitas vezes sob a forma de animais, os viventes medrosos como eu.

O mito, que decerto o meu professor marítimo trazia tatuado na alma, pois, apesar de inimigos milenares, somos do mesmo tronco tupi, reza que o Velho, criador primordial, após se ver desprezado pelos seres humanos – que foram esculpidos por ele a partir do torso das árvores –, produziu um incêndio cósmico que transformou a terra, antes plana, em um espaço crestado cheio de elevações, vales e crateras, instaurando, a partir disso, o sentimento de vingança no mundo. Logo a seguir – a pedido do Pajé do Mel, o único sobrevivente dessa vingança titânica, que nunca deixou de adorá-lo e respeitá-lo –, o Velho criou e mandou Tupã, a força dos raios e da chuva, alagar tudo, num dilúvio pleno de trovões, fazendo a terra transbordar. O salgado das águas do oceano veio exatamente das cinzas do incêndio, que escorreram, depois que o Velho se acalmou e deu mais uma chance para a humanidade, das regiões mais altas direto para as zonas fundas da Terra queimada, movimentação caudalosa que configurou o que hoje chamamos de mar. E, também, os mundos conhecidos: o subterrâneo, o submarino, o terreno, o celeste.

Percebi, então, após engolir uma talagada da salsa água cinza-musgo, e reparar que o professor marítimo estava mesmo era olhando para algumas beldades na areia, que não era somente a minha solidão que se expandia cosmicamente frente à grandeza incontornável da natureza, mas que sentia, de modo físico, dores e ardências pelo corpo. Além da golada imprevista, um encontro inesperado com uma água-viva deixou em brasa meu pescoço e ombro, como se um jato de fogo líquido tivesse sido lançado pela garganta de uma enguia-anhangá invisível, saída do fundo das águas para me atacar. Mais à frente, deparo-me com uma vegetação amarelo-esverdeada, flutuando ao sabor dos movimentos da superfície; sem que eu imaginasse como, o chumaço espinhento já deslizava por meu tronco de cima para baixo, me ferindo com seus espinhos ramosos e gosmentos com mais destreza do que fizera a água-viva. Quando pensei que nada de pior pudesse acontecer, um saco plástico de lixo, de cor branco gelo salpicado de marrom, produto do descaso – da indústria, do Estado, da deseducação de muitos cidadãos –, resvalou pela lateral direita de meu rosto, deixando em mim, agora, um misto insuportável de dor, asco e indignação.

Fato que não me poupou da visita do maior de todos os medos, aquele que emerge quando humanos excessivamente urbanos se aventuram pelo mar, ainda que em praias sem registro de casos de ataques. O medo que tive que combater com obsessiva recorrência – e que vinha das imagens com as quais o mundo da superinformação audiovisual impregnou os nossos olhos, pensamentos e sonhos –, o de vir a ser presa fácil, num ambiente em que se é mais vulnerável do que um bebê, para estocadas precisas e predadoras de tubarões. Sabemos e vimos tanto sobre as armas eficientíssimas de ataque e extermínio utilizadas por essas máquinas de morte pré-históricas que me metamorfoseei, numa sucessão de estados de ser que causaria inveja ao velho Proteu, em vários tipos de presas: peixes de diversas espécies, pinguins, focas, aves marítimas, surfistas, náufragos, mergulhadores, filhotes de leões marinhos. Cada transformação minha respondia a um fragmento de programa de cinema ou tevê que vira sobre tubarões ao longo de toda a minha vida.

Quando o pânico já me paralisava, me apoiei em uma das boias, tirei os óculos e localizei dois colegas, com as mesmas toucas de cor laranja, com os *designs* da equipe da qual eu fazia parte, nas cabeças. Papeavam com certa descontração, ao mesmo tempo em que buscavam recuperar o fôlego para continuar a cumprir as suas séries de exercícios do dia. Interrompi a conversa deles. Ainda bem que às vezes circulam correntes um pouco mais quentes por aqui, pois a água está um gelo hoje, não? Meio indiferentes – os óculos e toucas, em seus rostos, pareciam máscaras de mimos arcaicas, não me permitindo distinguir claramente seus traços faciais humanoides –, balançaram a cabeça assertivamente, já que os dois estavam com roupas de mergulho e o frio não era um problema tão grande para eles quanto era para mim. Então, tentando impedir que os fogos de santelmo explodissem em chamas na extremidade de meu mastro interno, perguntei: tem algum perigo nadar aqui? Aparece algum peixe grande? Um deles, lentamente, com um tom de voz *blasé*, sem propriamente levar em conta a minha presença, girando os olhos ao redor, redarguiu: não, não tem perigo algum. Aparecem, de vez em quando, alguns cardumes de pequenos peixes e arraias; mas o que mais assusta são as tartarugas, que chegam bem perto da gente, curiosas que são, emparelhando com os nossos rostos, nadando tranquilas ao nosso lado.

Dito isso, viraram com gestos precisos e mecânicos, como se estivessem aplicando um exercício muito ensaiado de ginástica rítmica, e retornaram para a ação de desempenhar, quase que por desenfado, as missões de natação do dia. Nessa hora, me situava na parte do quadrado mais próxima da praia, e isso, junto com a conversa fugaz que tive com a dupla que parecia ter saído de um *comic book*, de alguma forma, me acalmou. Voltei a nadar, agora de costas, mirando o céu e o alto das montanhas, afastando toda e qualquer possibilidade de olhar pelo filtro enigmático de águas escuras e místicas, que me colocavam na condição de encarar as sombras de um inesperado predador. Pelo menos, de costas, se fosse atacado, morreria extasiado diante da beleza de uma paisagem solar, verdejante, azul celestial...

Lembrei que o maracajá da prancha-igara me ensinara – com palavras que pareciam estar sendo emitidas por um xamã que acabara de retornar de sua viagem-transe pelos reinos da morte – a fixar os olhos em um ponto qualquer específico que escolhesse, do céu ou das montanhas, a fim de não perder a reta da linha imaginária do quadrado fixado no movimento das águas, já que a minha missão era contorná-lo inúmeras vezes. Fui atravessado pela lembrança, sem mais nem menos, de um dia em que chegara para nadar e o professor marítimo se encontrava no calçadão, em frente à tenda da equipe. Sem saber ao certo por qual razão pronunciei aquelas palavras, brincando com ele por tê-lo visto pela primeira vez em pé na calçada sem a sua prancha, disse: não sabia que você tinha pernas! Todos riram ao redor; o mestre ameríndio esboçou um sorriso amarelo. Mas a vingança dele veio no minuto seguinte, pois naquele instante me dirigia para mergulhar no mar calçado de havaianas; o pajé marítimo, sem dó, não perdoou, de bate pronto mandou essa: vai nadar de chinelos? Todos riram ao redor.

Tiro a cabeça d'água e vejo que tracei uma transversal, perdendo completamente a linha entre uma boia e outra. Exijo-me, aplicado, acertar o prumo imediatamente. Eu que me desviara tanto de minhas metas e caminhos, que levava comigo, guardadas em diferentes partes de meu corpo, tantas amarguras e histórias malsucedidas, tantos fracassos e dores, tantas voltas para o mesmo lugar, num cenário quadrado de vivências com desejos deslocados, sem certezas, sem clarezas, só impulso... Quando dei por mim, notei que esses pensamentos estavam me afundando, que eu ficava mais e mais pesado, como se usasse um escafandro sem entrada e sem saída de ar; visualizava já navios fantasmas naufragados nas profundezas, sentia em minhas veias magma de vulcão solidificando-se; em meus olhos, chumbo e vermelhidão; em meu crânio, cubos e cilindros de aço, que flutuavam num líquido gelatinoso, esbarrando em lentos entrechoques, sem emitir qualquer som audível.

Ao retirar a cabeça e os óculos d'água, constato, atoleimado, que me localizo quase no meio do quadrado que me serve de referência. Uma figura geométrica fantasmagórica, limitada por estúpidas bexigas de borracha coloridas, cunhada na pele do mar pela arrogante pretensão humana de tudo medir, de tudo enquadrar, de tudo dominar. Via-me agora de cima, minúsculo, flutuando em um ponto impreciso, me observando de dentro de um helicóptero de guerra, que deixava marcas concêntricas na superfície das águas, devido à ventania gerada por hélices alucinadas... O alvo das metralhadoras que meus companheiros soldados miravam abaixo, ouvindo Jimi Hendrix à máxima altura, era eu mesmo. Algum problema, amigo? Está tudo bem aí? Era a voz de meu professor profeta xamã maracajá, uma voz pausada, serena, parecendo, nos intervalos de respiração entre uma frase e outra, soltar, placidamente, a fumaça de um tabaco sagrado; ainda que seu olhar de onça, bem no fundo, insinuasse que predadores humanos o estivessem caçando o tempo todo, interessados em arrancar e contrabandear a sua pele, fato que não o intranquilizava, pois a morte era um local que visitava com frequência.

Sim, tudo bem sim, disse, é que acho que estou verdadeiramente desacostumado a nadar no mar. Essas palavras saíram molemente de minha boca, palavras águas-marinhas, escorrendo pelo canto dos lábios. Enquanto dava essa satisfação esfarrapada à legítima preocupação de meu professor marítimo, tateei, ao passar a mão na nuca, algumas protuberâncias no local, que, ademais, começava a coçar irritantemente. Foi aquele molho de plantas dos infernos, pensei muitíssimo irritado, que devia levar consigo uma colônia de insetos nocivos. Estava com urticária, ou qualquer outra reação alérgica, pois meu ombro e peito também ardiam bastante: a água-viva, as plantas, o saco de lixo haviam feito um belo estrago em mim. Num *insight* de sobrevivência, constatei que o perigo que me rondava, além de meus autoflagelos e crises vitais, não vinha dos grandes predadores, nem da visita imemorial e opressiva de sensações de amplidões cósmicas; mas, sim, dos minúsculos, invisíveis e implacáveis seres e contrasseres que sobrevivem na água, na terra, no ar.

Não se preocupe tanto, nadar é um movimento que fazemos para ter, acima de tudo, prazer, nade mais relaxado, menos brigando com as águas, continue os seus movimentos com mais leveza, tente ficar em paz – disse o sábio professor. Palavras que pareciam saídas do oráculo de um deus e que deslizaram, como um bálsamo cristalino, minha alma adentro. Desenho melódico de uma fala que refrescou meus poros como uma chuva deliciosa, após dias de calmaria isolado num navio em alto-mar, castigado pelo sol e pela indiferença seca de noites sem vento e sem estrelas. Saí da condição de quase enfermo, de quem se sentia enfraquecido, atacado por fantasmas predadores e doenças tropicais múltiplas, para alguém que vivia o que realmente vivia e que estava onde desejava estar: um homem de meia-idade classe média Zona Sul do Rio de Janeiro se exercitando nas águas do mar para manter em dia a sua saúde física e mental.

E foi com esse espírito renovado que terminei a minha série de exercícios e me despedi de meu instrutor xamã netuno, à distância, com o dedo polegar para cima, o braço estendido para o alto; ao que ele me respondeu, sentado em sua canoa/*stand up paddle* em posição de Buda, após largar os remos, com um gesto de mãos juntas, a mesma maresia umedecida envolvendo os nossos movimentos distantes de despedida.

Fui nadando cachorrinho até chegar à areia da praia, o corpo exausto, temendo tropeçar ao sair do mar, diante de banhistas que se deliciavam ao sol – que enfim vencera o mormaço – sem fazer nada, ou lendo, ou papeando, ou levando as crianças para a água para espantar o calor, ao lado de barracas de esportes cujos professores cravaram diferentes cones coloridos na areia pública, a fim de que pessoas com camisetas com a palavra *atleta* escrita nas costas, na hora de suas aulas, se movimentassem, para frente e para trás, num espaço demarcado da praia. Apesar de todos parecerem estar num ritmo moroso de vida, meus gestos e andadura se davam de modo infinitamente mais vagarosos; me transformara, sem notar, em uma espécie de cágado, totalmente exaurido, que acabara de sair de uma batalha de vida e morte com algum predador, na qual esgotara os últimos esforços de sobrevivência, os mais recônditos estoques de energia e forças vitais.

Ao chegar na tenda, perguntei para alguns membros da equipe se minhas costas e nuca estavam marcadas. Sim, sim, muito, caramba!, joga vinagre, resolve num minuto. Isso é ataque de água-viva. Vou perguntar à professora se tem vinagre, peraí...

Em um minuto, uma ardência danada deslizava do meu pescoço para o meu ombro, do meu peito às minhas costas. Recebera alguns esguichos do líquido ácido de cozinha e não sabia o que era pior: feder a vinagre ou estar sob o domínio de um ardor, contínuo e galopante, espalhando-se, minucioso, pelo meu corpo. Lembrei das cenas de filmes de velho oeste nas quais um jato de uísque - jogado em feridas corporais ou bebido para apaziguar a alma - resolvia qualquer problema na vida de um caubói. O mais importante mesmo nos filmes do gênero era a tensão da narrativa não se perder, seguir em frente, ainda que de modo inverossímil, rumo, geralmente, a um *gran finale* apoteótico. Isso passa logo, não é nada demais, acontece muito por aqui, disse, rascante e irônica, a instrutora de terra da equipe.

Sem mais nada a fazer, agradeci à professora pela ação improvisada de tentar sanar as minhas feridas e me despedi de todos, entre afoito e aliviado, levando comigo a certeza de que eu não era um caubói de filme americano de faroeste. Antes de sair, olhei ainda, num relance, para o rosto da profissional de educação física que acabara de cuidar de mim e a vi enquadrada em um *close-up* à Sérgio Leoni; cena que, enquanto eu andava, foi se expandindo, em ritmado *zoom*, Pão de Açúcar afora.

CABEÇA
CÂMERA

Andando, mais uma vez andando, mais uma vez procurando, mais uma vez passando por lugares ermos, mais uma vez seguindo em frente, a caminho, subindo morros vizinhos, passando por comunidades sem Estado, contra o Estado, além, aquém do Estado, sendo respeitado, músico xamã solitário seguido por meninos-aviões sem camisa e sem chinelos, andando, tropeçando em ruas esburacadas, empedradas, passando por quebradas, desvios, aclives, declives, com a certeza de que já estive nesses lugares antes, em outras vidas, em outros sonhos, em outras épocas, a câmara está à altura de meus olhos, à minha altura, mas ainda assim é como se estivesse sendo levada por outro alguém que não eu, uma câmera na mão, uma ideia sem cabeça, só corpo, o movimento é esse, de passos largos, lentos, ora errantes, ora saltitantes, ora em queda brusca, ora livre, ora cada macaco no seu galho, pulando pelas árvores, mais próximo do céu do que da terra, o rabo como perna, a perna como rabo, a mente na amplidão, a sobrevivência, o outro presa, o outro predador, o outro, o outro outro, o outro como fonte da vida, na estrada um despacho, mais embaixo um camelô, ao lado um orador, mais dois passos e o cansaço quer me pegar, o cansaço, viço às avessas, a morte, a fome, o medo, que gera desespero e ódio, sangrando átomos, partículas que se descolam, se retecem, crescem, viram formas expandidas, sofrem feridas, não ferem, transferem incertezas, abrindo toalhas sobre as mesas, abrindo os sentidos, convivendo com o sim com o não, logo se derretendo, me fazendo seguir caminho, cabeça câmera na mão, indo para o lugar certo, errado, sempre em movimento, agora esperto, agora torto, agora no alto, descendo o morro nesse momento, chegando na queda d'água, desacorrentada, amada, minha amada, diante da gente o mundo, o grande desfiladeiro, a oferenda de janeiro, a reza forte, a água forte, o perfume, a aguarrás, a viagem de frente para trás, diferente, a viagem astral, o signo, o sinal, o sapo, o pulo do gato, a água caudalosa, a pedra preciosa, escorregadia, o dia a dia finda, a linda, a mais linda, a que esteve toda a jornada ao meu lado, para, joga fora o peso das bagagens, o parabelo, a peixeira, e some de repente da beira da praia floresta adentro, eu perco o centro, perco você do campo de visão, e sei que não quero ir para o outro lado, quero me esquecer do compromisso agendado, que tenho um lugar marcado na plateia para ver o pôr do sol, prefiro ficar por aqui, isso, aqui mesmo, todo molhado pelo sagrado que nasce do encontro do rio com o mar.

BACANTES

Passei o dia todo obsedado pelas imagens de *As bacantes*, nascidas das feridas que as palavras trágicas do grego Eurípides abriram em meus olhos, pele, ouvidos. Imagens mutantes que acabaram por conduzir meus passos à delícia do vinho, em saboreio silente no bar da esquina, em meio a aparelhos de tevês ligados, gargalhadas histéricas, ruídos de automóveis, êxtases plácidos e fervorosos diante de celulares-terços. Estava completamente atravessado pela presença viva das sacerdotisas de Iaco. A entrada do coro, no párodo, não me deixava em paz, voltando, revoluteando, renitente: mênades com serpes deslizando pelo corpo, coroas de heras nos cabelos caídos sobre os ombros nus, tirsos à mão, tocando tambores coribantes e flautas frígias, dançando, cantando versos sofisticados em andadura popular. Vinham também as cenas de bacantes dando os seus seios exuberantes para as crias de lobos e corças mamarem; estraçalhando, entusiasmadas, animais selvagens com suas unhas e dentes; leves e líricas acordando no tapete de relva da montanha dourada, após longa noite de orgias e correrias sagradas. Lideradas pela mãe e tias de Penteu, o que guarda o luto no nome, despedaçam e espalham as partes do corpo do tirano pelas escarpas e pinheirais. De volta a Tebas, em delírio sagrado, Agave, liderando a procissão, traz espetada, como um troféu, o que achava ser a cabeça de um filhote de leão, mas que era, na verdade, a cabeça do próprio filho... Na madrugada profana das ruas do Rio, impregnada de Brasil profundo, estrelas do monte Citéron cegam, iluminam os meus passos, ligando a intensidade dos tempos por meio de voltas e transformações.

MONSTRO

Monstro? Eu? Você está me chamando de monstro? Por que, meu Deus? Sou um cara bom, generoso, amigo, amoroso. Então por que a aspereza bruta da palavra monstro? Isso só pode ser coisa de gente infundindo caraminholas na sua cabeça, não vejo outro motivo, só pode ser! Gente que pertence a um mundo cada vez mais legalista, mais positivo, afirmativo de valores irremediavelmente presos a certezas que geram agressividades, anulação do outro, ausência de qualquer tipo de deslocamento, interno ou externo. Esses, sim, são monstros, eu não. Monstro é quem se esconde em casa e tem medo de tudo, se enche de ódio e acha que o inferno são os outros. Monstro é quem faz da cidadania espaço de intolerância, de violência, de imposição de verdades, de tirania, de não aceitação da alteridade e da diferença. Esses são monstros. É certo que, há alguns dias, me olhei no espelho e vi que começavam a crescer alguns pelos grossos, mais duros do que os habituais, em meu ombro esquerdo, e que quando deslizei a mão por minha cabeça, senti, estranhando, duas pequenas protuberâncias que despontavam em minha testa. Acredito piamente que sejam movimentações hormonais, típicas da idade: você sabe, ninguém chega aos cinquenta impunemente. O corpo reage, é claro; aliás, o corpo é o primeiro a denunciar a passagem do tempo, esse grande escultor. Ainda assim não consigo me conformar! Por que me chamar de monstro? E não foi qualquer um que me chamou não, não foi um desconhecido, alguém que eu tenha causado um momentâneo mal-estar, alguma fugaz indignação ou raiva; não, não foi não. Foi a pessoa que achei que me compreendia mais do que todas as outras, que mais me amava, que mais se sentia feliz ao meu lado. Para quem dei o melhor do meu amor durante anos... Admito que talvez possa ter errado em não expor nunca a fundo os meus pensamentos, a minha visão de mundo, as ideias que acreditava serem toda a minha filosofia de vida. Talvez tenha protegido você demais de minha descrença, de minha insatisfação, de minha necessidade de ser de outro mundo, de ter outros valores, de jamais estar satisfeito nos ambientes e universos aos quais tive que estar vinculado para sobreviver. Mas era esse o sentido de amar alguém para mim. Queria que você fosse feliz sem minha herança, sem meus atropelos, sem meus desequilíbrios e inconstâncias. No entanto, agora, recebo em troca a bofetada maldita, o rasante predador da águia da acusação, da condenação, da exclusão, da punição, do xingamento bárbaro de monstro. E tudo isso por quê? Ah? Me diz? Só porque às vezes me perco no centro do labirinto e, lá estando, não encontro forças para sair? Só por que me vejo obrigado a me alimentar de moças e rapazes, oferecidos a mim em sacrifício, por estar há dias vagando faminto? Isso após rondar e arranhar angustiado por noites a fio aquelas paredes altas e largas, cinzentas e frias, impregnadas de pictogramas e letras ininteligíveis, torturado por um desejo imenso, inumano, maior do que a minha delicadeza, maior do que a minha tristeza, me levando sem escolha, sem saídas ao gesto desesperado... Só por isso? Contudo, ninguém narra, ninguém se refere ao fato de que fingi não ver Ariadne deixar o fio para Teseu poder escapar do labirinto, e que o herói, na verdade, não conseguiu me matar e, sim, pediu diplomaticamente para fazer um pacto comigo, um pacto de sobrevivência, a fim de que todos saíssem bem na história. Só que, pelo visto, alguém se saiu muito mal desse mito, e esse alguém, está muito claro agora, fui eu. Eu, que pago as minhas contas em dia, que não atraso nunca nada, que não deixo de cumprir nenhuma de minhas obrigações cidadãs, que tenho seguridade social, imposto de renda, sindicato descontados em folha, que sustento duas filhas e sempre ajudo aqueles que estão em situação calamitosa. Então, caceta, por que me chamar de monstro? Será por causa de minha feiura? Não me vejo tão feio assim. Estou sempre com novas namoradas e a maioria de minhas *ex* se tornam, com o passar dos anos, minhas amigas de verdade. Sou um profissional que ama o que faz, me dedico com afinco às missões que me endereçam, sou correto, ético, cortês. Cedo meu lugar no ônibus para idosos e deficientes, sempre que posso dou algum trocado para meninos de rua comerem, para mendigos comerem, jogo migalhas para cães sarnentos se alimentarem. Sou doce, preocupado, não desvio meu olhar dos problemas alheios, do mundo, da vida, das tragédias ambientais. De vez em quando bebo muito, é verdade, mas sozinho, sem atrapalhar ninguém, depois apago na sala e acordo com as janelas abertas, a casa aberta, o som ainda ligado. Manter tudo sob controle, sem a ajuda de artifícios de naturezas diversas é, sabemos todos, quase uma impossibilidade. Mas, só por isso, sou um monstro? Monstro é quem se escraviza a um mundo cada vez mais autocentrado, feito de afirmações inegociáveis saídas de todos os lados, de insistência na projeção pública egoica de verdades absolutas para que se possa vender mais, sem parar, insanamente. Para que a máquina de produção e consumo continue azeitada, funcionando a mil, não importa movida por quais valores, por quais realidades, por quais ideais. Achei que dando amor e cuidado a você, sem impor minha visão, meu ponto de vista, meu saber acumulado ao longo de anos, jamais seria chamado de monstro. Certo, tenho consciência de que meu saber foi todo extraído de uma vida vivida dentro do labirinto, mas sempre gostei de dar minhas escapadelas por aí, sempre quis deixar que a minha possível sabedoria fosse atravessada e renovada pelo sol potente dos novos dias. Jamais esperaria uma acusação em praça pública, o dedo em riste condenando e humilhando um velho artista mítico, querendo obrigá-lo a usar, em nome de certezas cegas, orelhas de burro! É, me dei mal. Agora é continuar vivendo. Pois a vida não espera por nada nem ninguém. Hoje coloquei adornos de fitas coloridas de bumba-iê-iê-boi em meus chifres, agora desenvolvidos ao limite, passei um xampu especial, de ervas finas, nos meus pelos negros e grossos que já se apossaram de todo o meu corpo, troquei o pequeno adorno no nariz por uma argola enorme, lustrei os cascos e fui dar um passeio no calçadão da praia de Copacabana, a princesinha do mar, força da natureza que jamais deixou de me abraçar e receber, e que nunca me chamou de monstro.

CONTROLE

Eu controlo, eu comando, eu mantenho a ordem. Cada coisa está em seu devido lugar em minha casa. Se algo se desloca, se algo se modifica, eu me irrito, perco a cabeça facilmente, praguejo contra tudo e contra todos, cuspo no céu, volta no meu olho, mas recoloco sempre os pingos nos is. Não é possível que algo queira fugir ao meu domínio, estou em meu território, em minha casa, em meu lar, onde sou Senhor Absoluto e não quero que nada, nem ninguém desobedeça à minha autoridade. Gosto de fazer sexo com minha mulher prendendo ela toda, só gozo assim; se ela sai de casa tem que me enviar mensagens pelo celular avisando cada passo que dá, cada loja que entra, se vai ao cabeleireiro, à manicure, ao mercado. Não tivemos filhos por que não gostamos de algazarra, de perda de direção, do imprevisto que a criança traz; além do mais, esses fedelhos são a própria anarquia encarnada e o mundo de hoje está um caos, uma desordem, cada um querendo ser o que bem lhe aprouver, os corpos escandalosos, as roupas indecentes. Hoje descobri um pequenino prego no chão da varanda do meu apartamento. Imediatamente peguei-o, mirei-o com atenção científica, vendo se porventura escapulira de minha caixa de ferramentas ou se fora jogado por algum vizinho. Ainda estou com sérias dúvidas. Só tenho uma certeza: vou fazer uma carta indignada à síndica, reclamando veementemente que estão jogando objetos perigosos, letais, pelas janelas abertas dos apartamentos libertinos do prédio. A minha janela está sempre fechada, assim como todas as minhas portas, as frestas, os vãos, os buracos das fechaduras. Eu controlo, eu domino, eu mantenho a ordem e o progresso, odeio desordem, odeio gente pretensiosa que acha que pode tudo, que pode fazer tudo, que pode ir aonde quiser, que pode jogar pequenos pregos pela janela, que pode querer vir em minha casa pedir caixinha de Natal: Vai trabalhar, vagabundo! - grito, batendo a porta na cara do meliante - Vai solucionar os seus problemas, vai cuidar de sua casa, de sua mulher, de sua vida! Eu, ao contrário, tenho poder sobre toda a minha vida! Sobre quaisquer detalhes que digam respeito ao meu nome. Sei exatamente onde cada livro meu está guardado, cada CD, cada roupa, cada documento: minha casa é minha e de mais ninguém! Sei precisamente em que lugar estão os produtos de limpeza, as comidas, os talheres, os copos, as esperanças, os sonhos, as ilusões!

AS TRÊS IRMÃS

I

As três mulheres ocupavam quatro assentos em um carro do trem do metrô. Bem no início do vagão, entre a porta sanfonada de fundo e o portão lateral esquerdo de entrada. Cada uma empunhava uma vassoura de bruxa em uma das mãos; nas outras, equilibravam sacos plásticos enormes, cheios de materiais que pareciam roupas, uns pousados no piso, outro ocupando um dos bancos entre elas. As duas da ponta que dava para o vão de entrada dos passageiros, mais gordas e de nítida semelhança física, usavam botas novas de cano longo, que destoavam da saia gasta de uma e da calça de jogging, mais batida ainda, da outra. A do extremo oposto, separada delas pelo assento ocupado por uma sacola, usava uma bota de cano curto verde-abacate, à Peter Pan, também nova, e trazia o rosto pintado de verde-musgo, com as bordas em azul-escuro, mesma cor das narinas e olhos, mas com um batom preto nos lábios. Vestia, ainda, uma calça roxa muito colada ao corpo, o que definia o desenho de suas belas pernas, um bustiê branco, deixando a barriga de fora, e tinha um ar mais jovial do que as outras duas, apesar de apresentar gestos e atitudes de irmã mais velha. Agora, as três começavam a olhar também para os outros passageiros, movidas pela intuição de que estavam sendo observadas.

Abri a boca de sono e voltei, displicente, a cabeça para o livro em minhas mãos, tentando disfarçar um possível inconveniente causado por minha detida curiosidade sobre cada gesto delas. De quando em quando, as mulheres negras, lutando contra a ansiedade, perguntavam, muito educadamente, as horas e se já estavam próximas da estação onde precisavam saltar. Recebiam, em troca, respostas rápidas e objetivas, mas nem por isso menos solícitas. As duas cujas feições sugeriam franco parentesco, vez por outra teciam comentários entre si, falando alto, com intimidade de sala de estar, imbuídas de uma indefinível sensação satisfeita de estarem vivendo o que viviam. Tinham braços fortes de lavadeiras e insinuavam movimentos - de voz, gesto, face - próprios de quem exerce práticas cotidianas recorrentes, repetitivas, mecânicas. Deixavam entrever, por inesperados lampejos de alegria, que aquela noite era para elas especial, extra, muitíssimo particular, o que não apagava, a olhos atentos, um tipo de rotina renitente desenhada e escondida em seus corpos e mínimas atitudes.

A idade das três devia oscilar entre sessenta e poucos anos, e o escudo do G.R.E.S. Acadêmicos do Salgueiro, numa das sacolas de plástico, sugeria que iam para o desfile no Sambódromo - era um domingo de carnaval. Quando o trem do metrô parou na Central, perguntaram, mais uma vez, se era ali mesmo a estação. Diante da afirmativa das respostas, saíram do carro em movimentos cadenciados pelo ritmo de um samba-réquiem silencioso, tocado, quem sabe, pela banda dos bombeiros ou da guarda civil em homenagem a alguns dos amigos e parentes perdidos ao longo dos anos; movimentos que, de modo misterioso, relembravam trejeitos, lúdicos e sensuais, das adolescentes que algum dia foram no passado.

Na medida em que a velocidade do trem aumentava, arrancando para cumprir seu destino de parar nas próximas estações, meus olhos perseguiam, pelo vidro da janela, as imagens das mulheres deixando, lentamente, a plataforma: antevendo uma separação inevitável, quis ter o prazer de ver e registrar os ínfimos detalhes daquela despedida de mão única. Em dado momento, contudo, só vi muros, muros escuros, passando em alta velocidade à minha frente. Fiquei, de algum modo, e sem explicação, vazio, desconsolado. Era como se as três já fossem, sob uma perspectiva indefinida, minhas amigas íntimas ou, se não, ao menos velhas conhecidas. Aquele tipo de pessoa que cumprimentamos no elevador, na entrada e saída do prédio, na rua em que moramos, no comércio, em bares da região. Ou, talvez, de uma intimidade virtual, de apresentadoras diárias de noticiários de tevê, de personagens de atrizes de novelas que acompanhamos regularmente na infância, e que acabam por fazer parte de nosso imaginário e memória afetiva vida afora.

No caminho de casa, já inteiramente dominado pela sensação de abandono, o vazio da ausência tomou conta de mim. Tive devaneios impetuosos, desejos de retornar para a Central do Brasil, me enfiar nos bastidores do desfile, saber em que lugar se concentravam os integrantes do Salgueiro e, contando com a sorte, tentar achá-las em meio ao caos da multidão branca e vermelha, no esquenta para o êxtase e entusiasmo do desfile na avenida. No entanto, logo percebi o quão patético e despropositado eram os meus pensamentos. Pois, se as encontrasse, o que faria, o que falaria? Nada, obviamente. Surgiria, é evidente, um mal estar incontornável, desarrazoadamente deslocado, inoportuno, capaz de me deixar, depois de tudo, pior ainda.

Enevoado por impressões e delírios dessa natureza, decidi, assim que abri a porta de meu apartamento, que aquelas senhoras afrodescendentes habitariam, a partir de agora, a minha vida. Ao menos, a vida imaginária. Só nessa hora me dei conta de que acabara de ganhar de presente do acaso três personagens, e eu, ao contrário de Pirandello - enfatizava essas palavras de modo teatral, em voz alta para mim mesmo - não pretendia deixá-las fugir! Pensamento que não veio sem gerar o desejo romântico de realizar longas narrativas, diálogos febris, tramas trepidantes. Com o passar dos dias, porém, a ideia se tornou uma obsessão palpável, me visitando nos momentos mais impróprios, sem pedir licença, pesando nos ombros, estancando os meus passos, povoando e paralisando o meu corpo, nas posições e horas as mais insólitas. Depois de tudo isso, só me restava fazer, o quanto antes, o que considerei ser a atitude mais prudente diante da situação: sentar e escrever sobre a vida de minhas mais novas companheiras. E foi exatamente o que fiz.

II

As pernas se movimentavam com elegância, malícia e graça ao som de *Cuesta abajo*, tango famoso mundo afora na voz de Carlos Gardel, que agora ecoava pela praça em versão instrumental. As ondas sonoras vinham mastigadas por ruídos intermitentes, saídos de uma caixa de som de baixa qualidade, feita de madeira velha, já carcomida por cupins. Eram pernas de homem e mulher, vestidos a caráter para o bailado do gênero nacional argentino por excelência, com passos e movimentos humanos tão finos e sutis que não se diria que a sua carnadura fosse de pano e pau pintado com tinta barata. Menos ainda que estivessem sendo manuseadas por dedos indicadores e médios de um artista de rua, que ficava exposto, à vista de todos, atrás de uma mesinha coberta com uma toalha branca, contorcendo todo o corpo para tentar mimetizar a dança sensual milongueira. Não havia tronco, cabeça ou braços, apenas pernas e pés: os dedos do bonequeiro se inseriam na parte superior da coxa dos títeres para movimentá-los, num manuseio insólito, causando a estranha sensação de que homem e marionete completavam-se em um novo ser.

E foi exatamente isso que chamou a atenção de Raquel, a fez parar ali, num cantinho retorcido do Largo do Machado, e que agora a hipnotizava e a deixava completamente embriagada por aquela inusitada apresentação. Mas o que, de verdade, acendeu nela o desejo de parar, apressada que estava para ir resolver problemas nas Casas Bahia, tinha sido o insólito da música, velha conhecida sua, pois fora criada ouvindo tangos todos os domingos na casa de seus pais. Seu Edevair, além de compositor e diretor de harmonia de escola de samba, tinha o hábito de, aos domingos, quando acordava, ouvir na antiga vitrola da sala, um por um, todos os LPs de sua coleção de discos de Carlos Gardel. Com gestos ritualísticos, o pai de Raquel tirava os vinis – e, assim que terminava a apreciação, os guardava com igual esmero – de um armário de madeira preta com portas de vidro transparente, do qual só ele possuía a chave. A vizinhança não entendia muito bem como um sambista de raiz pudesse gostar tanto de tango, mas como era um homem muito respeitado na rua e na comunidade em que viviam, ninguém falava nada, muito embora, logo que o hábito surgira, algum comentário brincalhão despontou aqui ou ali. Tipo de fala descabida que jamais gerou qualquer resposta encrespada por parte de Seu Edevair, que agia de modo tranquilo, como se ninguém tivesse falado nada para ele quando o assunto se referia às suas audições dominicais. Diante de tal atitude, nenhuma boca se atreveu mais a abordar o fato, e o que era para ser uma provocação, aos poucos, foi-se esvaziando, até deixar de fazer qualquer sentido.

Raquel era a espectadora solitária daquele bailado passional de fantoches mutilados, a um só tempo delicados e mórbidos, trágicos e alegres, o grotesco e o sublime a céu aberto, sob a vertigem da geometria cinzenta dos prédios no entorno do Largo do Machado. O escritor de *Memórias póstumas*, homenageado por uma estátua coberta de fezes de pombos e descaso público no local, saborearia com muito gosto, por certo, aquele bailado pateticamente viril, tosco e vital, a pleno sol a pino, executado num dia de semana de trabalho rotineiro. Raquel estava parada na parte de calçada onde antes havia um fluxo forte de transeuntes passando, mas que agora se encontrava esvaziada – as pessoas preferiam passar pelo outro lado – pela presença improvável do show. Um pipoqueiro, um pouco atrás dela, por desenfado, olhava, vez por outra, para aquela curiosidade, a seu ver, insossa, enquanto não apareciam fregueses. Prestou mais atenção quando a música acabou e, para a sua surpresa – e também para a do artista de rua –, algumas palmas ecoaram ao redor. Como que despertando de um transe, que a levou, por meio de uma identificação profunda com o que vira, a ter reflexões inesperadas, Raquel abriu a sua bolsinha de moedas e colocou duas pratas no saquinho de pano preto, aberto e pedinte, sobre a toalha branca que cobria a mesinha improvisada. Lembrou-se, num átimo, do que fora fazer naquela região da cidade, e abrindo, ao sair, um sorriso de criança traquinas para o bonequeiro, disse: "Bom, muito bom! Muito bom mesmo! Bravo! Bravo! Bravíssimo! Parabéns! Meus parabéns!".

Já na fila de pagamento de crédito das Casas Bahia, Raquel não conseguia tirar da cabeça a apresentação do artista de rua que acabara de assistir. Tango, a música que aprendera a gostar desde a infância, influenciada pela preferência obsessiva de seu pai pelo gênero portenho... Mas não era só isso o que lhe vinha à mente. A lembrança daquelas pernas sem o resto do corpo, mutiladas, movimentadas pelos dedos de um homem que as comandava sem truques aparentes, dançando junto com os bonecos, construiu em sua imaginação um ser híbrido, meio gente meio boneco, que a atraía obsedante e, ao mesmo tempo, a horrorizava. Por quê? Estava naquela fila para pagar um crediário que seu filho abrira e que, mais uma vez, não teve condições de cumprir com suas obrigações; sempre que isso acontecia, naturalmente sobrava para ela, que passava a mão na cabeça de um homem de quase quarenta anos, mesmo com todo mundo falando que aquilo era um erro absurdo, uma deseducação. Ela não se importava, era o seu jeito de amar, de mostrar para si mesma que era boa... E boba, completou, sem perceber, em voz alta. A moça branca que estava em sua frente na fila olhou para trás, pensando que aquela senhora negra estava querendo criar algum tipo de confusão. Raquel voltou-se para o lado, disfarçando, fixando o seu olhar nos ventiladores de parede, de hélices retorcidas, barulhentas...

III

Seu Edevair andava inquieto pelos corredores do supermercado. Não sabia ao certo que bebida levaria. Tinha que ser algo verdadeiramente especial; afinal, uma comemoração de bodas de platina não era para qualquer um não. Se ela estivesse aqui comigo não teria dúvidas, já chegaria no mercado com tudo pensado, já saberia que salgado combinaria com qual bebida, que doce seria o mais adequado para depois do jantar, quais as coisas certas para que tudo funcionasse da melhor maneira possível. Depois de caminhar para lá e para cá, vasculhando estantes, se abaixando com dificuldade, comparando preços, pedir ajuda e opinião aos funcionários que passavam à sua volta, acabou se decidindo: a importância da ocasião exigia algo grandioso: iria levar *Chandon*. Não era fim de ano ou Natal, nem comemoração de título do Salgueiro ou de seu amado Fluminense, tratava-se, sim, de algo maior, ou, no mínimo, tão imenso quanto: era a comemoração de sessenta e cinco anos de amor, dedicação, aceitação, nas melhores e piores situações, da pessoa amada, adorada, escolhida pelo destino para estar a seu lado. Não estava passando por uma situação financeira das melhores, mas também não estava definitivamente mal. A aposentadoria era pouca, grana curta, mas não atrasava, não podia reclamar muito disso não. Sempre aparecia um por fora, com o jogo do bicho, com as apostas, com a porrinha, com um qualquer que pingava aqui e ali de alguma apresentação inesperada da velha guarda da escola. Além disso, ganhara um dinheirinho por ter sido premiado como um dos compositores do samba de enredo no último desfile. Salgueiro desceu para a avenida elegante mas não levou o campeonato, isso fazia parte do jogo, claro. Porém, ele tinha aparecido na tevê, dera entrevista, cantara e tudo o mais numa reportagem em que fora apresentado como um dos mais antigos integrantes da escola. Isso mesmo, tinha se decidido, agora de vez: compraria a bebida que ela mais gostava: champanhe *rosé*.

A atendente do caixa lhe pareceu, a princípio, simpática. Mas lhe causou também uma sensação de estranhamento que não soube definir ao certo. A moça devia ter uns 25, 26 anos, muito ativa e conversadora, bonita, viçosa. Entretanto, percebera nela uma angústia guardada, uma tristeza oculta que só pressentira, mas não sabia explicar bem. Usava um cabelo preso, amarrado em tranças, dividido ao meio, que destacava bem o seu rosto, deixando-a, apesar da fisionomia mestiça tipicamente brasileira, com um ar de holandesa. Faltava ser loira arruivada e ter o chapeuzinho branco, aos moldes da campesina daquele país, tal como era divulgado para o mundo no invólucro de produtos de laticínios, que desde a infância Seu Edevair sempre reparara com muita atenção. O que servia de porta de abertura para a imaginação do menino, que logo começava a devanear sobre como seria a vida na Holanda e em outros países da Europa, lugares distantes, frios, misteriosos, nos quais as mulheres, brancas e rosadas, se mostravam sempre sorridentes e solícitas. A sua vez na fila estava chegando e ele ficou fantasiando, intimamente, os diálogos que estabeleceria com aquela menina faladora que, se fosse um pouco mais escurinha, poderia ser, quem sabe, sua neta.

Ela se esmerava, com seus modos e gestos calculados, a um passo de parecerem forçados, em se mostrar muito educada. Deu, inicialmente, boa-noite a Seu Edevair. Muito solícita, perguntou depois se ele possuía o cartão do estabelecimento. Ele nem sabia que aquele supermercado oferecia cartões de crédito e disse que não. Ela, então, perguntou se aquela garrafa d'água de plástico e aquelas duas garrafinhas de *Chandon Baby Brut Rosé* eram dele. Seu Edevair movimentou a cabeça, em sinal de assentimento. Ela pegou os objetos, passou pelo leitor de códigos de sua caixa e disse o preço: algo em torno de sessenta reais. Ele achou caro, pouca mercadoria para muito dinheiro; contudo, ratificou consigo mesmo que a ocasião pedia um gasto extra. Percebeu, ao tirar a carteira do bolso e abri-la, que só tinha duas notas de cinquenta, mas ficou relaxado ao constatar que, com esse preço, sobraria uma quantia razoável para comprar mais alguma coisa que porventura tivesse esquecido: o ritual anual amoroso precisava, mais uma vez, ser perfeito. No instante em que tais pensamentos o visitavam, a moça para tudo o que estava fazendo, olha de modo seco e impessoal para Seu Edevair e dispara, à queima-roupa, em tom pastoral, profético, semidelirante: se beber, não dirija! Sim? Ele, mais estupefato do que indignado, dilata as suas pupilas, retribui o mesmo tipo de olhar para ela, só que mais duro e gelado, durante uma fração de uns dez segundos, e não responde nada. Desvia os olhos, abaixa a cabeça, pega o saco de plástico com as suas compras, vira as costas e vai-se embora.

No caminho do ponto de ônibus, um pouco atormentado pela cena que acabara de vivenciar, pensava, carrancudo, que aquela moça não parecia humana, se assemelhava mais a uma personagem de propaganda do governo – antes, durante e depois do carnaval – espalhada pelos outdoors e outros espaços públicos da cidade. Podia continuar falando sem parar, com voz mecânica, frases como: use camisinha! Vem pra Caixa você também! Ou outros bordões quaisquer dessa natureza. As palavras que a boca dela emitia não pareciam, em nenhuma hipótese, sair de uma verdadeira vontade de autoexpressão. Tivera a sensação de que a moça do caixa carregava em si um ser virtual, um autômato, sob a pele rosada, queimada de sol, a boca carnuda fumando um cigarro, o olhar triste, de quem pisoteava constantemente um desejo abafado. Ou, então, que era uma marionete, os fios à mostra, manuseada por mãos amadoras em algum teatrinho de colégio público, como os que frequentara na infância.

No entanto, resolveu não se entreter mais com o que acabara de viver e que lhe perturbara os pensamentos. Estava voltando para casa para encontrar Ruth e Raquel, as suas duas filhas queridas, que o apoiavam e davam o mesmo carinho que a sua falecida esposa sempre dera em vida a ele. Débora, a ovelha negra, desgarrada, não. Com ela era diferente, foi para o mundo dos ricos, ficou besta. Nunca soubera de verdade que caminho a filha primogênita tomara, se continuava uma mulher honesta, de bem, ou se se vendia para os dólares de qualquer gringo, de qualquer bacana... E, com certeza, não estaria presente, mais uma vez, na casa onde ele morava com as suas duas filhas adoradas, felizes esperando que papai chegasse para comemorar as bodas de casamento, como faziam todos os anos, mesmo depois da longa viuvez.

IV

Ajeitou-se no banco do ônibus como se estivesse numa cama, provisória e desconfortável, é verdade, mas na qual buscou relaxar e ficar à vontade. Era o primeiro banco do lado oposto do assento alto da cobradora, que agora analisava, de rabo de olho, um homem de cabeça baixa, sentado bem ao seu lado. Débora havia reparado algo diferente nele também, que, de alguma forma, a atraiu, assim que passou pela roleta, mas seu cansaço não permitia que levasse adiante qualquer movimento de sedução. Era um negro magro – corretamente vestido, com camisa branca de manga comprida abotoada, calça preta, sapatos pretos, de uns vinte e poucos anos – que levava uma Bíblia aberta nas mãos. O que chamava atenção era o fato de estar estático e numa postura incomum, pois não parecia estar lendo ou, muito menos, dando algum tipo de pausa na leitura para reflexão. O livro sagrado simplesmente estava aberto, preso entre a coxa e a mão espalmada, e ele, muito curvado, olhava compenetradamente para o chão. Exausta do jeito que estava, depois de um dia inteiro de trabalho na cozinha da casa da patroa, Débora fechou os olhos e começou a pestanejar, querendo engatar um sono providencial que, era bem provável, só seria interrompido, como de costume, no instante em que o ônibus parasse no ponto final.

Assim, a vigília cedeu aos poucos para a letargia e essa, gentilmente, deixou o sono se apossar, primeiro dos olhos, depois de todo o corpo de Débora. Uma menina negra toda de branco – laço de fita, sapato, meia, vestido –, levada pela mão por um adulto, ia, de mãos dadas com outras duas, mais jovens e menores do que ela, numa estrada longa, recurva, estreita, que se desdobrava numa floresta quase fechada, entrecortada por montes de lixo, em direção a uma igreja também branca que, avistada de longe, era pequenina como uma casa de bonecas. O homem que as levava assobiava um tango, ouvido por elas com mais respeito do que admiração e, de quando em quando, ajeitava com esmero e orgulho os adereços, as roupinhas limpinhas e engomadas das meninas. O calor enchia o ar de ondas ardentes, visíveis a olho nu, molhando os corpos de suor, as roupas brancas grudando cada vez mais intensamente nas peles pretas; mas isso não poderia ser motivo para reclamações, o objetivo da caminhada era sagrado, só podia ser, tinham praticamente certeza; senão, como explicar o andar sólido e inabalável do adulto conduzindo, entre o rigor e o carinho, paternalmente as três irmãs?

Chegando no adro da igreja evangélica, um clarão branco saído do púlpito se espalhava pela sala central, lançando longos raios brilhantes pelo ar, que transbordavam, multidirecionados, por toda a porta de entrada. Ao colocarem os pés nas tábuas corridas do chão, avistaram com dificuldade um negro alto, gesticulando muito, de terno e gravata, cheio de ênfase e dramaticidade, dando muito peso a cada uma das palavras proferidas que, juntas, no entanto, pareciam não fazer sentido algum. Esta visão atormentou a menina mais velha, que tentou, por instinto, largar a mão do adulto para fugir imediatamente do local. O homem apertou a mão dela, puxando-a para dentro com brutalidade, o que a fez quase tropeçar. Coagida, com muito medo, começou a chorar a cântaros, lágrimas brancas, tangíveis, sem perceber chamando para si a atenção de toda a assembleia, composta de ombros e cabeças voltadas para ela. O pastor estancou a sua fala e, de modo mais incisivo do que os outros, fincou nela um olhar penetrante, condenatório, inquisitorial. Desesperada, oprimida, a menina mais velha tentou fugir de novo, mas, dessa vez, foi pega pelo braço e colocada com força num banco de madeira longo, sem encosto, ao lado das irmãs, que a olhavam com um silencioso ar de piedade cúmplice.

Com as mãos no rosto, prendendo o choro como podia, a menina começou a ouvir, bem baixinho, vinda de longe, a voz do pastor retornando, aos poucos, proferindo as mesmas palavras violentas e cortantes, entretanto, ainda sem conseguir estabelecer qualquer sentido para elas. O som foi aumentando, se misturando ao ruído dos automóveis, às vozes dos outros passageiros, rindo e falando alto, à histeria sonora e regular da sirene de uma ambulância passando nervosa na pista oposta da rua em que o ônibus seguia. Quando Débora abriu os olhos, viu o negrinho de Bíblia na mão, de pé, o olhar perdido no infinito, discursando em voz alta, uma veia saltada no pescoço, de costas para a cobradora, em frente à maioria dos passageiros. Alguns fingiam não vê-lo, conversando sobre assuntos corriqueiros; outros, simplesmente, numa catatonia gerada por fones de ouvido ou pensamentos distantes, nem se interessaram em saber do que se tratava. Outros, ainda, pareciam estar tão habituados a discursos religiosos de ocasião feitos em transportes coletivos que só esperavam, resignados, o término daquele palavrório possesso e esvaziado de sentido, para dar um fim, de preferência o mais rápido possível, àquela situação constrangedora.

Débora, no entanto, prestava atenção em cada palavra do salmo lido pelo negro. Na verdade, nem tanto pelo significado delas, mas sim pelo timbre de voz do orador, se atendo também à boca que as lançava, em ritmo irregularmente marcado, pelo ar oleoso do veículo. Os lábios eram grossos e carnudos, apesar do rosto magro, quase espectral. O braço que não segurava a Bíblia, de espantalho bêbado, de marionete de movimentos mecanizados, adquiria, aos olhos interessados dela, uma graça indefinível, desenhada com ternura e vigor. Sem saber por que, num impulso momentâneo, viu-se extremamente atraída por aquele homem. E não conseguia mais tirar os olhos dele. A cobradora, atravessada por algum sexto sentido feminino, percebeu o interesse pagão daquela mulher – que já deveria estar lá pelos seus sessenta e tantos anos – por um religioso afrodescendente, magrelo, feio, de óculos tortos, bem mais jovem do que ela, e soltou um riso quase sarcástico, a cabeça curvada, movendo-se brevemente de um lado para o outro, num gesto de reprovação, falsamente entretida na contagem de notas e moedas.

Diferentemente de suas irmãs, Débora não tivera filhos, não ligava muito para os sobrinhos, menos ainda para os sobrinhos-netos. Envolvera-se, ao longo da vida, com muitos amores, com muitos amantes, mergulhara em muitas paixões. Soubera viver o fogo dos sentimentos mais ardentes, as situações de sedução mais inusitadas, os jogos de interesses afetivos com gringos, figurões, malandros, garotos, homens casados. Nunca ficava sozinha por muito tempo e, mesmo agora, já uma senhora de idade, tinha muitos pretendentes, e ainda se dava ao luxo de escolher com quem queria ficar na hora que bem entendesse. Contudo, talvez pela primeira vez, experimentou um sentimento misto, confuso, indefinível, ao olhar para aquele rapaz. Queria que ele fosse seu filho, mas que também a amasse, de modo que pudesse acariciar a sua cabeça e também beijar seus lábios com ardor. Queria cuidar dele e ser possuída ao mesmo tempo. Não sabia explicar, o peito ardia, a boca secava, as mãos geladas, os olhos saltando das órbitas...

Antes que pudesse tentar entender o que estava acontecendo, Débora percebeu que o ônibus ia parar e, sem pensar, esbarrando na perna do homem que lia um jornal no banco ao seu lado, saiu às pressas pelo corredor do veículo, terminando por saltar num ponto desconhecido. Andando apressada, sem saber em que região da cidade descera, com passos de quem atravessava uma picada irregular em selva fechada, intuiu, de repente, que poderia estar em plena Primeiro de Março. A sua bolsa, de uma hora para outra, começou a pesar em seu ombro direito, caído para o lado, já que suas mãos estavam ocupadas com sacolas cheias de presentes. Os transeuntes que, nesse momento, repararam nela, tinham a impressão de estar diante de um ser convulso, talvez um pássaro ferido, mais desconfortável ainda por flanar pelas ruas da cidade, fora de seu habitat natural: as árvores, as montanhas, o céu. Quando deu conta de si, arrefeceu a marcha, se aprumando, se achando uma idiota, e começou a pensar em qual seria a melhor solução, a partir de agora, para retomar o caminho da zona portuária, a fim de chegar na casa de seu pai e de suas irmãs. Imaginou, feliz, numa rápida iluminação fugaz, a cara de surpresa que eles fariam ao vê-la entrar pela porta da sala, sorriso aberto, presentes em punho, louca para mimá-los, abraçá-los, beijá-los...

V

"Vó, vem cá, vem correndo!" Ao ouvir a frase dita por seu neto predileto, que sempre lhe fazia companhia e dizia a toda hora que ela era a melhor vó do mundo, Ruth abaixou os fogos do fogão, tampou as panelas e se dirigiu para a sala. "Vê só, vó, uma menina na Índia de dezesseis anos, mas que ficou com o corpo de uma criança de três, olha que esquisito!" Ruth não pôde conter o espanto quando viu na tela da tevê um serzinho falando com voz finíssima, de timbre infantil, com um rosto atravessado por um espírito vivaz e, no entanto, preso a um corpo de criancinha, que devia pesar uns cinco quilos, fragilíssima, inspirando cuidados de diversas naturezas. A cena que passava no momento em que chegou, mostrava a menina sendo levada no colo pelas amigas de colégio para o recreio no pátio. "Ela tem as pernas quebradas e uma doença rara, é única no mundo, alguns indianos a adoram como a uma deusa!"

Ruth, após ouvir essas novas palavras ditas pelo seu sobrinho-neto, não segurou mais e deixou uma lágrima transparente correr pelo seu rosto negro. O que era aquilo? O que o Senhor queria dizer trazendo aquela vida ao mundo? Só podia ser coisa boa, pois via apenas felicidade e paz na face da menina! Mesmo com a imagem bem avariada, devido ao gatilho feito para que a tevê da casa pudesse captar os canais a cabo, dava para perceber que era uma criança iluminada... "Ih, vó, tá chorando? Que besteira! Por aquele monstrinho? Os indianos burros, que ainda não receberam Jesus, acham que é alguma coisa demais... E o sonho dela ainda é fazer cinema... Pode? Quer ser estrela em Bollywood!" E saiu rindo, gritando a plenos pulmões pela casa, chamando todo mundo, que vovó estava chorando só por causa de um programa de tevê. Levemente decepcionada, Ruth voltou para a cozinha, se esforçando para sorrir com a imagem de seu sobrinho-neto pré-adolescente saindo para o quintal, pulando do mesmo jeito de quando tinha três anos de idade e acabara de fazer alguma pequena diabrura. Mas, passado isso, as lágrimas incontidas voltaram a cair...

Sempre fora chorona: no cinema, vendo novelas, recebendo notícias de casamento, nascimento, encerrando relações... Ruth casara somente uma vez, era mulher de um homem só, mas na juventude tivera muitos namorados. Quando noivou com seu futuro marido, aos 16 anos, virou uma mulher pacata, caseira, deixou de cair no samba para somente ir ao culto protestante nos finais de semana, seu único divertimento, junto com Raquel e as amigas. Era a caçula, a que mais ajudava a mãe nas tarefas do lar. Débora, a mais velha, nunca ligou para nada disso; vem daí a maior parte dos conflitos que teve em casa, até ser mandada embora por Seu Edevair, aos quatorze anos, após o pai ter descoberto que a filha já não era mais virgem. Raquel, a do meio, demorou um pouco para tomar tenência, mas as tragédias que visitaram a sua vida – era duplamente viúva: o primeiro marido morreu num tiroteio entre bandidos no bar da esquina de sua casa, mas deixara um filho para ela criar; o segundo foi assassinado na cadeia, preso que estava por estupro da própria filha, também já morta, por erro médico numa operação de apendicite – colocaram-na no caminho certo, o caminho do bem, de Jesus, embora Ruth jamais a perdoasse por ter tentado a sorte em dois casamentos.

A diferença de idade entre as irmãs deslizava em escadinha, de dois em dois anos: Débora tinha 64, Raquel, 62 e Ruth, 60. Nenhuma delas chegou até o ensino fundamental na adolescência; contudo, Débora, a mais empreendedora, aos quarenta anos completou, por correspondência, num curso com duração de seis meses, a sua formação básica. Depois, empolgada com os estudos, fez Letras num Centro Universitário privado. A escolha se deu, simplesmente, porque era o curso mais acessível para ela: o mais barato e mais curto, apenas três anos de extensão. No final das contas, adiantou muito pouco tudo aquilo, pois nunca quis ser professora ou se dedicar a nada que envolvesse língua ou literatura. Mas, pelo fato de ter concluído uma graduação, passou a ser mais respeitada, de algum modo, entre os membros da família em Ipanema, onde trabalhou a maior parte de sua vida, com idas e vindas intermitentes, de acordo com a maior ou menor necessidade deles ou dela. Família que atualmente se reduzia a um casal de idosos, esquecidos pelos filhos, e que, apesar disso, acabara por se tornar a segunda – e mais verdadeira – família de Débora. Foram eles que a acolheram – por indicação da mãe de uma amiga que lá trabalhara, cuja artrite não deixava mais executar as tarefas cotidianas exigidas de uma empregada –, desesperada e perdida, tremendo como um pinto molhado, logo depois que Seu Edevair a mandou embora de casa.

Agora Ruth chorava de novo, refogando o feijão, pela menina indiana. Chorava muito, com o vapor da panela subindo em direção a seu rosto, enquanto as lágrimas caíam. O estado de aberração da menina, o cuidado extremo dos pais, a população local tomando bênçãos ao tocarem em partes do corpo dela, tudo aquilo abalava o seu íntimo e lhe parecia muito doloroso e cruel. Podia estar se sentindo assim pelo fato de ter perdido as suas duas filhas, ainda na mais tenra idade. Ou então, por ser a caçula, sempre se sentindo a menininha do papai, mesmo depois de velha. Quem sabe, talvez, por acreditar, do fundo de sua fé, que se tratava de um milagre operado por Jesus em território hindu. Perdida em tais pensamentos, é interrompida por um susto repentino que a faz virar de costas com a colher de pau em punho, como se fora uma arma, ao sentir que a mão de um homem dera um tapa em suas nádegas. Era o filho do primeiro casamento de Raquel, Noé, um desocupado, um desempregado, um homem que batia em mulher, que já estava em seu quinto casamento, ou melhor, em seu quinto descasamento. E sempre que terminava mais um matrimônio, voltava para a casa das irmãs para atormentá-las com suas grosserias, com sua fome sem hora, com sua má-educação. Não podia nem sonhar em emitir suas opiniões sobre o degenerado, pois era o queridinho da mamãe, protegido de todas as formas por Raquel, e, também, pai do sobrinho-neto – seu preferido, seu amorzinho – que troçara de seu choro diante da tevê agora há pouco.

"Não tem nada aqui para você, Noé! Hoje é aniversário de casamento de papai! Estou esperando a sua mãe, que já está atrasada, para me ajudar na cozinha. Sai fora, sai, sai, xô!" Ele deu uma risada sarcástica, pegou uma panqueca sem recheio e saiu comendo pela varanda da casa, sem camisa, de bermuda e chinelo, falando de boca cheia: "Coisa de velho gagá; aniversário de casamento de mulher morta, de defunta! E vocês, mais gagás ainda, ficam alimentando esse ritual doentio, vestindo roupas da falecida, dançando com o doidão, dando corda para o papo macabro dele!". Ruth silenciou, paralisada. As lágrimas secas no rosto. Alguma verdade fora dita por Noé e ela não sabia como reagir, não tinha como argumentar. Nunca entendera, realmente, o pedido de seu pai para que ela e a irmã se enfeitassem com os mesmos adornos, usassem os vestidos de festa, colares, pinturas da falecida mãe e dançassem – uma após a outra, como se estivessem esperando a sua vez num baile – tangos com ele. Menos ainda que, depois disso, os três tomassem champanhe *rosé*, enquanto seu pai contava, pela milésima vez, a história de como seduzira sua mãe, de como fora a noite de núpcias, de como a amava todos os dias, o tempo todo... Ruth, então, sem mais nem menos, voltou a chorar...

VI

Raquel foi dominada por uma angústia esquisita, sem motivo, saída nem imaginava de onde. Não sabia se era enjoo, se era falta de ar, o peito doía numa agonia só. Uma ausência tomou conta de seu corpo, parecia que não tinha mais órgãos, que acabara de pari-los todos, gêmeos múltiplos saindo sem dar ao menos o alívio pós-parto: coração, fígado, baço, pâncreas, estômago. As sacolas que levava nas mãos pesavam toneladas, seu passo ralentava cada vez mais, os pés pesando chumbo, suava frio, foi empalidecendo, empalidecendo, até que desmaiou. Acabara de entrar na rua de casa, a do Escorrega, ex-ladeira do Quebra-Bunda, no Morro da Conceição, no bairro da Saúde, e foi ali mesmo que caiu, na calçada. Primeiro os joelhos dobraram, ralando no chão, depois se espatifou de frente, barriga, seios e o rosto de lado, os braços amolecidos, os produtos comprados, de formas e cores variadas, se esvaindo dos sacos plásticos, saltitantes ladeira abaixo.

O primeiro a ver a cena, do outro lado da rua, foi o mudinho do jogo do bicho que, sempre nesse horário, ficava de olho comprido nas pernas – e o que mais o seu campo de visão conseguisse alcançar ladeira acima – das meninas voltando do colégio, as saias azuis-escuras rodadas, as camisas brancas bem ajustadas, os cadernos coloridos apertados pelos braços contra os seios. Assistiu a cena da queda com cara de pasmo, os olhos esbugalhados, sem qualquer reação. Um prazer perverso, originado da certeza de que ele, ao contrário de Raquel, estava seguro em seu banquinho, do outro lado da rua, bem acordado, levou-o a contemplar o tombo, lento e pesado, com um zelo e interesse incomuns. Somente quando percebeu que um líquido vinho escorria da testa da senhora foi que se levantou, afobado, emitindo sons abafados e anginosos, chamando as pessoas que bebiam no bar da esquina. Noé era uma delas, jogava dominó com os amigos e as moscas do boteco, e se encontrava de costas para a rua, no momento em que o mudinho o puxou pela gola da camisa, rasgando-a na hora, mudando o foco de atenção dos jogadores instantaneamente. Pensando que era briga, Noé pegou, num gesto de puro instinto, uma garrafa de cerveja, quebrou na mesa e se voltou para o mudinho com o gargalo de vidro afiado na mão. Quando se deparou com um rosto pardo, com olhos levemente orientais, conhecido e amigo, em pânico, articulando sons ininteligíveis, largou a arma branca e se dirigiu às pressas para a direção que o dedo único da mão do apontador do jogo do bicho indicava. Todos os jogadores foram atrás dele.

Os dois netos de Raquel, os filhos de Noé – ambos sem camisa, descalços, de short, um segurando uma vara de bambu na mão, outro com uma pipa com rabiola e linha emboladas debaixo do braço –, tentavam colocar a avó encostada no muro de uma casa rosada, com pintura descascada, a base da parede bem escurecida e suja. Diante da cena, inicialmente, Noé não quis acreditar que era sua mãe caída no chão, e ficou, por um segundo, parado, entendendo a situação, vendo se era ela mesma. Quando os meninos levantaram a cabeça da velha, já bastante ensanguentada, Noé se deu conta da situação e atravessou a rua atabalhoado, os amigos juntos, arrancando o resto dos trapos de sua camisa para fazer uma atadura, enquanto Mirtes, a dona do bar, ligava para o pronto-socorro. Um fim de tarde de verão carioca, de céu amarelo sanguíneo, contemplava, impassível, a toda aquela movimentação nervosa. Inclusive ao grupo de colegiais passando, curiosas, do outro lado da rua, sem que o mudinho, dessa vez, se embriagasse, extático, das pernas negras, mestiças, índias, brancas de suas tão cobiçadas meninas.

VII

Quando Raquel abriu os olhos – após uma sensação de dor e desconforto geral que foi acionada em algum ponto de sua mente e veio, em pulsação crescente, tomando conta de sua cabeça, espalhando-se em ondas por todo o corpo –, as coisas e pessoas ao seu redor estavam embaçadas, amorfas, diluindo-se umas nas outras. A voz de Ruth, embargada, velha conhecida sua, trouxe a seus ouvidos um primeiro alento de familiaridade: "Mana, você está bem? Mana, responde, mana, não me deixa mais nervosa, mana, como você está?". Raquel viu se aproximar de seu campo de visão, como se uma lente de aumento deformante se interpusesse entre elas, o rosto redondo, bonachão, de amplas narinas pulsando sob um par de óculos de aro fino, prateado, de sua irmã querida, uma pessoa tão boa que nunca soubera usar a seu favor a imensa qualidade que trazia na alma, e que se expandia delicada pelos seus gestos. Soltou, num rápido descontrole, uma gargalhada ríspida, que acionou, como um choque, uma dor latejante na testa, região dos recém adquiridos 31 pontos. "Trinta e um?", repetiu, ainda com restos de risos nos lábios, depois que Ruth lhe dera a informação, completada agora com uma dura reprimenda pela atitude inapropriada de rir da própria tragédia, uma vez que todos tinham ficado tão preocupados e sentidos com o que ocorrera com ela. Só depois pôde perceber, ao lado da irmã, o seu preferido, Noé, olhando para ela inquieto, parecendo querer voltar logo para o bar para retomar a partida de dominó de onde parara. Do outro lado, com olhares de espanto e curiosidade, viu os seus dois netos diabinhos, ainda sem camisas e descalços; um pouco mais atrás, em perspectiva irregular, em segundo e terceiros planos, o mudinho, Dona Mirtes e alguns dos jogadores que estavam no bar no momento de sua queda.

Noé, num rompante, acendeu um cigarro e falou de modo grosseiro e insensível: "Já tá boa! Ainda não foi dessa vez que desencarnou! Vamos, canalhada! Quero vencer aquele jogo, porra!", e pegando seus companheiros pelos braços, saiu falando alto, cuspindo no chão, lançando desafios e apostas. Os meninos, sem saber o que fazer, deram um beijo em cada uma das bochechas inchadas de Raquel e também saíram. Desolada com a debandada geral, Ruth ajeitou o travesseiro de Raquel no sofá da sala, falou para a irmã esperar um pouquinho que iria à cozinha e voltaria logo, pois já estava na hora dela tomar os remédios indicados pelo médico. Durante a trajetória de ida e vinda, não parou de falar um só minuto: perguntou como aquilo pôde ter acontecido, o que a irmã sentira para chegar a desmaiar, como fora o tombo, se ela tinha rezado com fé pela manhã, se tinha cometido algum pecado. Sem perder o ritmo de embolada de sua fala, Ruth disse ainda que, quando pressentiu que a mana não chegaria a tempo para ajudar, fez tudo sozinha, a comida que o papai mais gostava, a sobremesa, colocou as flores na mesa, a toalha e os talheres que só eram usados no Natal e naquela ocasião tão especial para eles.

Raquel, nesse meio tempo, já havia se levantado, ligado a tevê e agora estava sentada no sofá caramelo, em frente à mesinha onde se encontrava o aparelho de controle remoto da televisão. Passava o Jornal Nacional, com os apresentadores vestidos de preto, um casal muito formal, dando notícias com expressões sóbrias, contidas, sérias. Comentou com a irmã, já ao seu lado com um copo de água e pílulas à mão, que, pela primeira vez, achara as roupas pretas dos apresentadores mórbidas, inspiradoras de luto, e teve, numa espécie de revelação, a lembrança da sensação esquisita que a visitou antes do desmaio na rua. Ruth percebeu o mal-estar e colocou na boca da mana as pílulas e a borda do copo, a fim de que ela bebesse o líquido. Raquel abocanhou os remédios, tomando um gole dágua em seguida; depois, falou de si para si: "Estranho... Papai sempre chega em casa antes do jornal... O que será que aconteceu?". Ruth olhou para a irmã com cumplicidade e uma pitada de ironia... Será que o velho resolveu comemorar sozinho dessa vez? E foi tomar, feliz da vida, cachaça com os companheiros da velha guarda? Só se lembrava de uma atitude dessa natureza, por parte do pai, em um ano, quando a mãe delas ainda estava viva e os dois brigaram feio; os motivos que levaram a tal desavença jamais nenhuma das duas veio um dia a saber ao certo, mas parece que tinha a ver com o fato que levou Seu Edevair a abandonar o morro do Salgueiro e a se *exilar* com a família no Morro da Conceição.

Quando Ruth saiu do estado de dúvida e brincadeira e começou a ser dominada pelo desconforto gélido do princípio de pânico, este se espalhando, como um vírus, também por sua irmã, as duas recebem o alívio de um providencial e inesperado toque de campainha. Sensação que durou apenas o tempo de Ruth se dirigir à porta da sala, pois fora ferida, durante o percurso, pela seta da lembrança de que seu pai nunca tocava a campainha, e que sempre abria a porta de casa a seu modo, extremamente peculiar: como se estivesse entrando clandestinamente num lugar desconhecido e perigoso, a passo pequeno, com gestos lentos, silenciosos, sutis.

VIII

Débora passou pelo Centro Cultural Banco do Brasil, olhando de soslaio para a igreja da Candelária, no momento em que atravessava a Presidente Vargas. Os anjos começaram a cantar outra vez. Sim, os anjos que não paravam de nascer, de crescer, de engordar e de morrer, as bochechas redondas e rosadas, cantando hinos belíssimos para o Senhor, com toda a força concentrada da existência transbordando da voz – Glória a Deus nas alturas / Pai dos meus e dos seus / Glórias, brancas alvuras / Glória a Deus, glória a Deus –, para depois, exauridos por terem doado a vida nesse canto diante do Criador, se jogarem das nuvens caindo no abismo, esbarrando em planetas, atingidos por cometas, se ferindo, se rasgando, mas continuando a queda infinita pela escuridão do universo afora. Não, outra vez não, para, para, para, não. Vão me chamar mais uma vez de macumbeira, de pitonisa, de mãe de santo. Quando chegou ao outro lado da calçada, leu num *busdoor* o nome de uma peça em cartaz: *Não sou feliz, mas tenho marido*. Não sou feliz e não tenho marido, veio à sua mente, numa paródia desiludida. Cruzou, na calçada em que seguia, com uma série de livros – de diversas cores, esmaecidos, bolorentos – dispostos no chão sem qualquer relação aparente, sobre um plástico azul-escuro. *Iracema, Manual de gramática aplicada, Biologia III, 120 dias de Sodoma, Contos – Machado de Assis, Angústia, Enterrada viva: a biografia de Janis Joplin, Como ser um vencedor, Física I, Arquivos do inferno, Sermões de Padre Vieira, As três irmãs.* Ao lado, de testa inclinada, um sujeito só braços, tronco e cabeça, sentado numa espécie de borracha grossa preta, martelava, alisava, pintava sapatos, sem as próprias pernas, mas consertando aqueles objetos pragmáticos, fundamentais na proteção dos frágeis pés dos homens civilizados. Foram as pernas de Débora que lhe deram durante muito tempo o que comer, as pernas e, principalmente, a bunda, avantajada, tanajura brasileira. Você parece um pássaro molhado, um anu, sempre com medo e tristeza nos olhos, mas como é gostosa, gostosona, vai ficar, vai trabalhar pra mim. Anuzuda, preta rabuda, cadelona, desce daí, vem cá, toma, cinquentinha... Quero essa *stripper* só pra mim... agora!

As correntes que separavam o quartel da Marinha do resto da cidade balançavam. Iam lá, na madrugada, marinheiros, comerciantes, garotões da zona sul, trabalhadores subalternos, todos para ver – e comer – as *pole dancers.* Passava, nesse instante, em frente à boate onde tinha trabalhado há muitos anos. A vertigem aumentava, não sentia de novo as pernas. Os anjos não, não, outra vez, não... Virava a noite na batalha e, quando clareava o dia, ia ouvir os cantos divinos na igreja deserta. Não era católica, mas aquele era o único lugar que a acalmava, ao menos, por alguns minutos, antes de voltar para a pocilga em que morava. Isso foi na primeira briga que teve com a família de Ipanema, desconfiaram que ela havia roubado carne da geladeira. Ofendida, pegou as suas coisas e saiu, não voltou mais. Fui eu, mãe, que peguei a picanha para fazer um churrasco na casa da Carlinha, era aniversário dela, a galera toda foi, por que essa cara, mãe? Chamaram-na de volta. Pediram desculpas, tinham essa qualidade. Mas só foi voltar quando engravidou, o dono do esperma era um negro magro, escrivão de cartório, muito parecido, a cara mesmo do pastor de ocasião que acabara de ouvir – e se apaixonar à primeira vista – no ônibus que a levava para a casa de seu pai e suas irmãs...

    Luzes piscando, carros passando, meninos cheirando cola, travestis fazendo ponto num lado, no outro, putas, um terminal de ônibus lotado, sujeira, gente, gente, gente, todo tipo de gente. Um menino comia um cachorro-quente, a boca aberta, a salsicha vermelha, degolada por dentes branco-amarelos, não sangrava. Como podia? Pior, o sangue não escorreu pelo canto da boca do menino. E a mãe vendo tudo, sorridente, perguntando a ele se queria, para acompanhar, um mineirinho. A boca de Débora cada vez mais seca, a língua gosmenta. Sussurrava baixinho, num tom de dor contínua, que podia se confundir com prazer, com gozo... No mesmo timbre dos sons que emitia quando era seviciada, a grana na mão da cafetina, sem o mindinho, dente de ouro, peruca loira, rímel, batom, rápido, anda que tem gente esperando, anda. Vai se lavar, anu, vai, preta rabuda, vai, vagabunda. Volta logo, esse cliente é dos melhores, faz tudo que ele mandar, sem frescura, vaca, sem frescura, meu docinho, minha superpoderosa, vacuda. Uma ânsia de vômito. A cola não grudava no nariz, na boca, na garganta, no estômago, nos pulmões deles? Como podia? Como saíam correndo pulando, descalços, sem camisa, magros, feios, cheios de vida após cheirarem? Como? Meu Deus! Que som horrível! Mistura, esfaqueante, de vidro, metal, borracha, carne humana apanhando! Anjinhos não! Anjinhos, não! Parece um saco de batatas jogado para o alto, a queda desconjuntada no asfalto, o sangue escorrendo lentamente, a poça, gente aglomerada, marca de freada de carro na pista, o taxista abre a porta, salta correndo, olha, num relance, para os olhos congelados de Débora - luzes coloridas piscando, olhos nos olhos de vitrais de Igreja -, pega o moleque do jeito que dá, que primeiros socorros o quê, o coloca no banco traseiro e sai em disparada rumo ao hospital mais próximo. Podia ser um dos meus sobrinhos-netos. O filho que abortei. Mais um anjo negro desencarnado. Anjos não, Anjinhos, não, não, não...

Passou pela Pedra do Sal, havia pagode, churrasquinho, cervejada, muita fumaça no bar da esquina. Débora andara toda a trajetória, da Primeiro de Março até quase já na casa das irmãs e do pai, na Saúde, sem sentir as pernas. Mas, agora, como compensação, sentia a cabeça coordenando tudo, dominava cada molécula de ar que passava por suas narinas, a pulsação das batidas do coração, o ritmo dos passos, a bolsa no ombro, as sacolas com os presentes nas mãos. Foi invadida pelo pensamento de que sempre fora assim na vida e no amor: ou sentia demais e não conseguia equilibrar as coisas, ou controlava tudo e não tinha prazer, o corpo não queimava, não respondia, paralisado. Perdera grandes paixões por isso, grandes amantes, pessoas legais, situações propícias para casar e ter um lar, filhos, amigos, ser uma mulher normal, casada, feliz. Gota a gota sentia o suor escorrer pelas ancas, pela barriga, coxas, debaixo do braço, na testa, na bunda, que todos os homens olhavam, com a mesma esperança, quando ela passava, isso ainda se dando hoje em dia, na altura de seus 64 anos. Tenho mesmo essa idade? Parece que não vivi nada, que ainda sou aquela pretinha que ia, de mãos dadas com o papai e as irmãs, para a missa no final da tarde. As mãos estavam brancas, o sangue estancado pelo peso dos sacos que carregava: bolas e videogames para os garotos; um vestido lindo e caríssimo para Ruth; champanhe *rosé* para o papai; um anel de ouro, igualzinho ao que trazia consigo, para Raquel; e mais outras surpresas... Ah Raquel, Ruth, papai! Conferiu se o seu anel ainda estava no anelar antes de tocar a campainha da casa, respirando fundo para poder trazer à tona sua melhor expressão de felicidade, muito nervosa, ansiosa para abrirem logo a porta.

IX

Ruth até pensou em retornar e atender ao telefone que tocara no momento em que fora abrir a porta. Sabia que Raquel, mesmo enferma, estropiada, costurada, iria se levantar, fogosa como era, para pegar o aparelho e atender à chamada. Ficou dividida sobre qual atitude tomar, acabando por abrir, automaticamente, a porta. A visão de Débora à sua frente, pálida, sorridente, temerosa, encheu seu coração de uma felicidade repentina, indecifrável, imensa, familiar. Olhou a irmã de cima a baixo e exclamou: "Não acredito! Débora! Meu Deus! Que saudades! Me dá um abraço, criatura, anda, vem, vem, entra, vem!". Débora se jogou em cima de Ruth com tanta força que as duas foram andando para trás, na direção do sofá, como faziam quando eram crianças e estavam felizes por que alguma traquinagem bolada por elas tivera o efeito desejado. Débora guiava Ruth, que ia andando de costas, as duas gargalhando, soltando gritinhos histéricos, numa arruaça instantânea e ruidosa que atravessava a sala como um bloco de carnaval. Como se, num passe de mágica, as duas senhoras tivessem voltado no tempo apenas no espírito, e isso transpassava de leveza juvenil aqueles corpos pesados e já envelhecidos.

Ruth, ao esbarrar e cair, assustada, no sofá da sala, a irmã vindo logo a seguir, sentando a seu lado, voltou a si e, num misto de culpa e choque repentino de realidade, previu o pior. As duas, levadas por uma irresponsabilidade desmedida, por uma imprudência infantil, poderiam ter caído sobre Raquel, enfaixada, febril, doente, deitada no móvel no fundo do cômodo. Depois de velha ficara gagá? O dito popular de que idoso voltava a ser criança guardava então a mais pura verdade? Como resposta a tais pensamentos, ouviu o choro da irmã ecoar pelo ambiente, alto, reverberante, forte; mas não sentiu o corpo dela sob o seu. Entendeu, nesse instante, que Raquel fora atender ao telefone, que se encontrava sobre a mesinha de madeira lustrada, com toalha de bordado branco disposta em losango em cima, preparada com todo carinho do mundo, por ela mesma, para a festa de bodas desta noite. Mas, por que as lágrimas? Será que saíra o resultado dos exames que acabara de fazer no hospital? Tomografia computadorizada? Eletroencefalograma? Que foi, mana? Desembucha! Já tô ficando nervosa! Fala, mulher! Fala!

Raquel disse que era um policial de uma delegacia de Copacabana, fazendo o boletim de ocorrência... Lágrimas, soluços, apreensão, olhares atentos... Perguntando se era da casa de seu Edevair Passos Pereira, se ele morava aqui... Ruth uma zumbi, Débora, uma geladeira com pinguim em cima... Eu disse que sim, sim, é aqui que ele mora, é meu pai, meu papai... Mais soluços, lágrimas, falas entrecortadas, desespero, mãos em rostos já desfigurados... Meus pêsames, senhora, seu pai faleceu, enfarte fulminante, ele foi recolhido na praia de Copacabana pelo Samu, à beira-mar, os pés descalços, a bainha da calça dobrada, flores brancas na mão... Ruth uma máscara cinzenta, Débora joga a bolsa no chão - o pinguim cai e se quebra - e fica de joelhos... O corpo está no IML, quem vai reconhecê-lo?, boa noite!, meus pêsames!, toma uma água com açúcar, senhora!, não tem nenhum homem aí nessa casa não?

Raquel, vendo a irmã ajoelhada, abraça-a com cuidado e, aos poucos, vai também se ajoelhando. Ruth, uma estátua, sem sangue nas veias, com gestos autômatos, muito lentamente, faz o mesmo que Raquel. E as três irmãs ficaram assim, por um bom tempo, em círculo, abraçadas, as testas unidas, Raquel e Débora chorando muito, Ruth não. Vistas de cima, formavam duas circunferências, uma menor, de cabeças negras embranquecidas, outra mais larga, de pernas e pés em roda. Fora desses dois círculos, um livro no chão - caído da bolsa de Débora - estampava em letras douradas, inscritas numa capa vermelha manchada de tinta azul: *As três irmãs*, Anton Tchékhov.

Este livro foi impresso em novembro de 2019
na gráfica Psi7, em São Paulo.